［オリジナル版］

美女と野獣

白水社

ガブリエル＝シュザンヌ・ド・ヴィルヌーヴ

藤原真実　訳

美女と野獣［オリジナル版］

Gabrielle-Suzanne de Villeneuve
La Belle et la Bête, 1740

目次

第一部

ここから遠く離れたある地方に、商業が盛んで富み栄えた大きな街があります。その住人のひとりに、商売運のよい商人がおりました。運命は彼の望みのままに、いつでも最高の恩恵を施していました。莫大な財産を持つ商人は、子宝にも恵まれていました。家族を構成する六人の息子と六人の娘のうち、身を固めたものはまだひとりもいません。息子たちは若かったので急ぐ必要はありませんでした。娘たちは莫大な財産をたいそう鼻にかけ、当然それを当てにしていましたから、相手選びは簡単にゆくはずもありませんでした。

娘たちは名門貴族の青年らにちやほやされて虚栄心をくすぐられました。ところが、予期していなかった不運が、幸せな生活に混乱をもたらしにやってきました。屋敷が火事になったのです。屋敷中にあふれていた豪華な家具、物語の本、紙幣、金、銀、高価な商品のすべて、要するに商人の全財産がこの不吉な炎に呑み込まれ、それは激しく燃えさかったので、ほとんど何も運び出せませんでした。

この最初の不幸は他の数々の不幸の前触れにすぎませんでした。それまで何をしても成功していた父親が、難船のためか海賊のためか、海に出していた幾艘もの船を全部失ったのです。取引先にはことごとく約束を破られ、異国に送った代理人たちにも裏切られました。その結果、商人はこの上なく豪奢な生活から、突然恐ろしいほどの貧しさに落ちてしまったのです。

残ったのは、ふだん住んでいた街から百里以上の辺鄙な場所にある小さな田舎家だけでした。喧噪や風評を遠く離れて身を隠す必要に迫られた父親は、大きな変化に途方に暮れる家族を、この地に連れてきたのです。人里離れたこんなに寂しい場所で生活することになると思うと、不運な父親の娘たちは特に、嫌悪を感じずにはいられませんでした。しばらくの間、娘たちはこう思っていました。父親の考えが世間に知られれば、うるさく言い寄ってきていた求愛者らは、娘たちの愛想がよくなるのを喜ぶはずだと。

だれもが自分こそは選ばれようと懸命になるだろう、望みさえすれば結婚相手は見つかるものだとさえ考えていました。そんな甘ったるい誤算は長続きしませんでした。父親の輝かしい財産が稲妻のように消え去ると同時に、娘たちもその最大の魅力を失い、好き嫌いを言える時期は終わっていたのです。熱心な崇拝者の群れは、運が尽きた瞬間に消え失せました。娘たちの魅力に引き留められた者はひとりもいませんでした。

友人たちも同じように打算的でした。一家が貧乏になったとたん、みんな知り合いであることをやめてしまったのです。しかも、今回の災難を身から出た錆と決めつけるほどの残忍ぶりです。父親がいちばんよくしてやった人たちが誰よりも熱心に彼を中傷しました。数々の不幸は商人が自ら招いたもので、日頃の行ないが悪いからだ、浪費のせいだ、法外な出費をして、子供たちにも同じことをさせておいたからだ、と出まかせを言うのでした。

そういうわけで、悲嘆に暮れる一家は街を出ていくしかありませんでした。そこでは誰もがその不幸をあざ笑い、喜んでいたのです。何の算段もないまま家族が引きこもった田舎家は、ほとんど道もないような森の真ん中にある、この世で一番寂しいと言えそうな住まいでした。そんなぞっとするほど辺鄙な場所で、どれだけ辛酸をなめたことでしょう。どんなに骨の折れる仕事にも取り組む覚悟が必要でした。使用人を雇える状況ではないので、不運な商人の息子たちが分担して家事や力仕事に当たりました。田園から生活の糧を得るために必要な仕事を、みな率先して行ないました。

娘たちにも仕事がありました。まるで百姓女のようになって、田舎暮らしのいろんな仕事に華奢な手を使わねばなりませんでした。着るものといえば毛織りの服だけ、虚栄心を満足させる道具はもうありません。田園がもたらすものを糧にするしかなく、簡素な必需品しか望めないのに、洗練された優雅なものへの嗜好を捨てられない娘たちは、都会やそのうっとりするような事どもをたえず懐かしがっていました。悦びと楽しみのなかであっという間に過ぎ去った幼年期を思い出すのは、何より辛いことでした。

この間、同じ不幸を分かち合うなかで、一番末の娘は姉たちより辛抱強く毅然とした態度を示しました。その歳ではあり得ないほどの精神力で勇気ある決心をしたのです。はじめから心底悲しい気持ちを示さなかったわけではありません。いったい、それほど大きな不幸を何とも思わない人などいるでしょうか。けれども父親の不運を嘆いたあとは、もとどおりの明るさを取り戻し、自分の置かれた唯一の境遇を進んで受け入れ、社交界の人びとを忘れるしかありませんでした。人びとの恩知らずは彼女も家族も思い知っていましたし、逆境のなかでそんな人びとの友情を当てにしてはならないことも十分わかっていました。

優しい性格で明るい気性の末娘は、父親や兄弟たちを慰めようと気を配り、楽しく気晴らしをしてもらおうと、いろんなことを思いつくのでした。かつて商人は彼女とその姉たちに惜しみなく教育を受けさせましたが、それを末娘はこの苦境のなかで上手に活用しました。いくつもの楽器を見事に演奏しては歌声を合わせ、姉たちに手本を示すのですが、そんな妹の快活さや辛抱強さは、姉たちをいっそう陰気にするだけでした。

大きな不運から立ち直れない姉たちは、そんなふうにふるまう妹を見て、精神が卑しいのだ、心が低俗なのだと思い、天が彼女らを追いやったその境遇にあって陽気に暮らすのは節操がないとさえ思うのでした。

「なんとまあ幸せな子だろう」と長女は言いました。「粗野な仕事をするように生まれついているのね。あんなに卑しい根性で社交界にいたら、ろくなことにならなかったでしょう」

そんなふうに言うのは間違いでした。末娘が社交界に出ていたら、姉たちのだれより輝いていたことでしょう。非の打ち所のない美貌がその若さを飾り、いつも変わらない気立てのよさが彼女を大変魅力的にしていました。情け深いと同時に高潔なその心は、することなすことに感じられるのでした。

末娘も姉たちと同じように、家族を打ちのめしたあの激変を辛く感じましたが、女性には珍しいほどの精神力で悲しみを隠し、逆境を乗り越えることができました。それほどの辛抱強さが無神経と見なされたのです。けれども嫉妬によって下された判断は簡単に覆されてしまうものです。

　もののわかった人たちはありのままの末娘を知っていましたから、ほかの姉たちより彼女に目をかけました。彼女は人びとから絶賛され、人徳によって際立ち、その美しさゆえに特別にベル〔＝美女〕という名で呼ばれるようになりました。もっぱらこの名で通っていたわけですが、姉たちのやきもちや憎しみをかき立てるには、それだけで十分でした。

　魅力的で誰からも敬意を抱かれていた娘は、姉たちより恵まれた結婚を当然期待できたはずですが、ただただ父親の不幸のことで心を痛めていたので、楽しいことがたくさんあった街からの出発を遅らせようとするどころか、それを早めるためにあらゆる手を尽くしたほどでした。人里離れた場所でも、娘は社交界の真ん中にいたときと同じように穏やかでした。休憩の時間になると、花で髪を飾って気晴らしをします。田舎暮らしは裕福だった頃の最高の楽しみを忘れさせ、大昔の羊飼いの娘たちが感じたような他愛もない喜びを毎日のように与えてくれるのでした。

　それからはや二年が経ち、家族が田舎暮らしに慣れはじめようとしていた頃のことです。もとの生活に戻れるかもしれないという希望が、静かだった生活に混乱をもたらしました。父親が受け取った手紙によれば、失われたと思っていた船の一艘がたくさんの荷を積んで無事港に着いたというのです。その手紙にはまた、商人がいないのをいいことに、仲買人たちが積み荷を二束三文で売り飛ばし、この不正行為によって商人の財産を横取りする恐れがあるとも書かれていました。商人がこの知らせを子供たちに伝えると、皆はすぐにも島流しのような生活とおさらばできると確信しました。兄たちよりせっかちな娘たちは特に、もっと確かな情報を待つまでもなく、何もかも放り出してすぐに出発したいと言いだしました。しかし慎重な父親は、落ち着きなさいと子供たちに言うのでした。畑仕事を中断すれば大変な損害を出してしまう時期に、父親の存在はとりわけ重要でしたが、商人は収穫の仕事を息子たちに任せ、ひとりで長旅に出る決心をしました。

　末娘以外の娘たちは、かつての豪勢な生活にじき戻れるだろうと確信しました。たとえ父親の財産が、自分たちの生まれたあの大きな街に帰れるほど大きなものにならなくとも、別の賑やかな街で暮らせるくらいにはなるだろうと思いました。そこで家柄のいい人たちと知り合いになり、ちやほやされるだろう、プロポーズされしだい結婚しよう、と思ったのです。二年来味わってきた苦労をもうほとんど忘れ、まるで奇跡によって、貧しさから快適な豊かさへとすでに連れて行かれたような気持ちになり、正気では考えられないような土産を父親にせがみました。田舎で暮らしても彼女らの贅沢趣味と虚栄心は変わらなかったのです。宝石を、装飾品を、被り物をと父親に買い物を頼みました。われもわれもと競い合い、欲望はエスカレートするばかり。しかし、父親の財産と称するものが実際に手に入ったとしても、娘たちを満足させることは到底できなかったでしょう。

ベルは野望にとらわれることも、軽はずみにふるまうこともなかったので、父親が姉たちの要求に応えてしまえば自分がお願いしてもまるで無駄になるだろうとすぐにわかりました。けれども父親はベルの沈黙に驚いてこう言いました。

「ベルよ、おまえは」と貪欲な姉たちの言葉をさえぎりながら、「何も欲しいものはないのかい。何を持ってきてあげようね。何が欲しいかい。遠慮せずに言ってごらん」

「大好きなお父さま」愛すべきその娘は父親を優しく抱きしめながら答えました。「私が欲しいのはお姉さまたちがお願いしたどんな装身具よりも貴いものです。私の願いはただそれだけです。叶えられたらすごく嬉しいその願いとは、お父さまがお元気でお帰りになることとです」

無私の心を証しするこの返事は他の者たちを恥じ入らせ、狼狽させました。姉たちは憤怒に駆られ、そのうちのひとりが皆を代表して、とげとげしい口調で言いました。

「小娘のくせにずいぶん勿体らしい言いようじゃないの。ご立派な熱意で目立とうとしているのね。まったく、ばかばかしいったらありゃしない」

けれども父親はベルの気持ちにほろりとし、そのことに喜びの気持を表わさずにはいられません。娘のたった一つの願い事に感動さえして、ほかに何か欲しいものを言うように言いました。また、彼女に反感を抱いた他の娘たちをなだめるためにも、装身具に対するそのような無関心は彼女の年齢にふさわしくないし、すべてのことにはそれに適した時期があるのだと言い聞かせました。

「わかりました、お父さま、ご命令ですから」とベルは言いました。「バラを一輪お願いします。私はこの花がとても好きなのに、この寂しい場所に来てからというもの、一つも見られなくて残念でしたの」

こうしてベルは、父に従いながら、父が自分のために一銭の出費もしないようにしたのです。

そうこうするうちにその日になり、善良な老人は泣く泣く大家族を残して出発しました。新たな幸運の可能性が呼ぶあの大きな街へと、大急ぎで向かったのです。しかし、期待したような利益はそこにはありませんでした。船が到着したのは事実ですが、商人を死んだと思っていた同業者らによって奪われ、品物はすべてなくなっていたのです。

そのため商人は、自分のものであるはずのものを「十全かつ平穏に占有」するどころか、自らの権利を主張したために、ありとあらゆる言いがかりをつけられねばなりませんでした。そういうことも乗り越えはしましたが、十か月ものあいだ苦労と出費を重ねたので、利益はありませんでした。債務者たちは返済不能となり、訴訟費用もほとんど戻ってこなかったのです。

こうして大金の夢はついえました。そのうえ厄介なことに、破産に拍車をかけないためには、いちばん大変な季節に、危険な天候のなかを出発しなければなりませんでした。道中で商人は風にさんざん痛めつけられ、疲労で死にそうになりました。けれども家から数里のところまで来ると、気力が戻ってきました。かつて家を出たときにはばかげた期待を追いかけるつもりはなかったのですが、そんな期待を真に受けなかったベルが正しかったのです。

森を抜けるのに何時間もかかってしまい、遅い時間になりましたが、商人はまだ先に進もうとしました。ところがあっというまに夜になり、刺すような寒さに体はかじかみ、馬ともども雪で生き埋めのようになってしまいました。どこへ向かって進めばよいのかわからなくなり、商人は死を意識しました。森には小屋がたくさんあるのに、その道には一つもありません。せいぜい見つかるのは木が腐ってできた洞ぐらいでしたが、そのなかに身を隠すことができたのは幸運でした。この木が老人を寒さから守り、命を救ってくれたのです。馬のほうでも、さほど遠くないところに洞穴を見つけると、本能的にそこへ逃げ込みました。

　こんな状態で過ごす夜は、途方もなく長く感じられました。おまけに空腹に悩まされ、たえず近くを通る野獣の咆吼に怯えていましたから、一瞬も安心できるはずがありません。夜が終わっても苦痛と不安は続きました。日の光を見て喜んだのもつかのま、大地がものすごい大雪に覆われているのを目にして途方に暮れてしまいました。どちらへ行けばよいのでしょう、一本の小径さえ見えません。へとへとになりながら歩き続け、何度も転んだ末に、ようやく道のようなものが見つかり、少しは楽に歩けるようになりました。

　わけもわからず進んでゆくと、世にも美しい城に通じる並木道に偶然たどり着きました。雪はその城だけ避けて通ったようです。並木道を形づくるのは四列に植えられた恐ろしく背の高いオレンジの木で、花や実をいっぱいつけています。そこにいくつもの彫像が、順序も均整もなく置かれているのが見えます。

あるものは道のなかに、あるものは木々のあいだにあり、いずれも見たことのない材質で、大きさも色も人間と同じ、いろんな姿勢で、さまざまな服装をしていますが、大多数は兵士の格好でした。第一の中庭にたどり着くと、さらに無数の彫像が見えました。老人は寒さが身にこたえていたので、それらをいちいち眺める余裕はありませんでした。

瑪瑙の階段と、彫刻を施された黄金の手すりが、［屋敷に入って］まず目に入りました。豪華な家具をしつらえたいくつもの部屋を横切ると、暖かな空気が体に取り込まれ、疲れが癒やされます。何か食べるものが必要でしたが、誰に声をかけたらよいのでしょう。広大で豪勢なその建物には、彫像以外に住人はいないようでした。あるのはただ深い沈黙だけ、とはいえ、荒れ果てた古城のようでもありません。大広間も寝室も回廊もすべて開け放たれ、それはすてきな場所なのに、生きもののかげもありません。老人は、広大な館の部屋を歩き回るのにも疲れ果て、客間で立ち止まると、そこには暖炉の火が起こされ、赤々と燃えていました。そのうちに現われる誰かのためなのだろうと思いながら、暖炉に近づいて体を温めますが、誰も来ません。暖炉のそばのソファに腰をかけて待つと、気持ちよい眠気におそわれ寝入ってしまい、誰かがふいにやってきても気づける状態ではありませんでした。

疲れがもたらした眠りを中断させたのは空腹でした。一昼夜以上も前から老人を苦しめていた空腹は、この豪邸に来て体を動かしたことで、さらに増していました。目覚めて目を開くと、テーブルに食事が美しく供されていたのは嬉しい驚きでした。軽く食べる程度ではとても満足できません。それに、いかにも贅沢に拵えられた数々の料理が、どれも食べてみたい気持ちにさせるのでした。

商人はまず、こんなによくしてくれる人たちに大きな声でお礼を言い、家の主たちが姿を現わしてくれるのを静かに待つことにしました。食事の前に疲れて眠ってしまったように、今度は食べたものが同じ効果を発揮して、さらに長くさらにゆっくり彼を休ませたので、二回目は少なくとも四時間は眠りました。目が覚めると、最初のテーブルに代わって斑岩製の別のテーブルがあり、ケーキとドライフルーツとリキュールの間食が心を込めて用意されていました。それもまた彼が食べるためでした。そこで老人は、せっかくの厚意に甘えることにして、自分の食欲や好みや洗練された趣味に合うものをすべていただきました。

そうするあいだも、だれひとり現われません。話しかける相手も、この館が人間のものか神のものか教えてくれる人もいないので、老人の五感はふと恐怖にとらわれました。（もともとこわがりだったのです。）彼はあらためてすべての部屋へ行き、こんなにも親切にしてくれる精霊に向かって何度も感謝の言葉を捧げ、姿を現わしてほしいと恭しく懇願しました。それほど熱意を示しましたが無駄でした。召使いのかげもなく、城に住人がいるのかを教えてくれる従者もいません。どうすればよいのか懸命に考えるうち、商人はこう思い至りました。理由はわかりませんが、なんらかの霊的存在が、この住まいとそれを埋めつくす財宝とを彼に贈ってくれたのだと。

その考えは霊感のように思われたので、老人はすぐにあらためて屋敷を見て回り、そこにあるあらゆる財宝を自分のものにしました。そればかりか、子供たち一人ひとりの取り分を勝手に決め、それぞれにふさわしい部屋に印をつけると、皆はこの旅土産をさぞ喜ぶことだろうと得意になって庭へ降りてゆきました。見るとそこでは、冬の寒さにもかかわらず、春爛漫の頃のように、世にも珍しい花々が芳しい香りを放っています。空気はぽかぽかと暖かく、あらゆる種類の鳥のさえずりがせせらぎの音と混じり合い、すてきなハーモニーを奏でていました。

老人はたくさんの不思議なできごとに恍惚としながら、こうつぶやくのでした。「こんなにすてきな場所なら、娘たちも難なく慣れるだろう。街を懐かしがることも、ここより街のほうがいいと思うこともなくなるにちがいない。さあ、すぐに出発しよう」と彼は、いつになく興奮して叫びました。「こどもたちが喜ぶと思うと今からわくわくする。早く帰って喜ばせてやろう」

この美しい城に足を踏み入れたとき、老人はひどい寒さに凍えきっていましたが、それでも忘れずに馬の手綱を外してやり、前庭から見えた厩舎のほうへ行かせておきました。厩舎へと続く小道には、バラの木がアーチ状の生け垣を作っています。そんなに美しいバラを見たことがない老人は、その香りで、ベルに一輪のバラを約束したのを思い出しました。一輪を摘み、さらに六つの花束を作ろうとしたときです、ものすごい物音がして振り返った彼は、激しい恐怖に襲われました。すぐそばに恐ろしい野獣が見えたのです。その野獣は怒り狂ったように象の鼻のようなものを老人の喉頸に押し当てると、ぞっとするような声でこう言いました。

「私のバラを摘んでいいなどと誰が言った？　おまえが城で過ごすのを黙認(もくにん)してやり、あんなにも親切にしてやったのに、それでもまだ足りないのか。感謝するどころか、厚かましくも私のバラを盗むとは。おまえの無礼(ぶれい)な態度を懲(こ)らしめてくれる」

怪物が突然現われたことですでに怯(おび)えきっていた老人は、この話を聞くと死ぬほど恐ろしくなり、さっとその運命のバラを投げ出すと、地面に平伏(ひれふ)して叫びました。

「ああ、殿下(でんか)、私をお哀れみください。感謝の念を欠くなど滅相(めっそう)もございません。たくさんのご親切が身にしみております。ですから殿下がこれほど些細なことでお腹立ちになるとは思ってもみなかったのです」

怪物は激怒(げきど)してこう切り返しました。

「黙(だま)れ、いまいましい演説屋め！　おまえの追従(ついしょう)も、おまえが私につける肩書も、私にはまったく無用だ。私は殿下なんかじゃない。ベット［＝野獣］だ。おまえの罪は死んで償(つぐな)ってもらうしかない」

あまりにも冷酷なこの宣告に驚愕(きょうがく)した商人は、服従(ふくじゅう)だけが死を免(まぬか)れる道だと考え、心から反省した様子で言いました。厚かましくも摘み取ってしまったバラは、「ベル」と呼ばれる末娘にやるつもりだったのだと。次に、死期(しき)を遅らせようとしてか、同情で敵の心を動かそうとしてか、あれこれと不幸の話をし、旅に出たわけを言い、ベルのためにしようとした小さなプレゼントのことも忘れずに話しました。他の娘たちの欲望を満たすためには王様の財宝をもってしても足りないほどなのに、ベルはバラ以外なにも欲しがらなかったこと、たまたまそこにあったそのバラが、ベルを喜ばせたいという気持を抱かせたのだということ、それをしても問題はないだろうと思ったことなどを言い足し、さらに、意図したのではないこの過ちをどうか許してほしいと懇願しました。

ベットはしばらく思案すると、前よりは穏やかな口調でこう言いました。

「おまえを許してやってもいい、ただし、おまえが娘のひとりを私に差し出すという条件つきだ。誰かにこの罪を償ってもらわねばならぬ」

「なんですって！　あなたはなんという要求をなさるのですか」と商人は答えました。「どうしてそんな約束を果たせるでしょう。かりに私が娘をひとり犠牲にしても助かろうとするほど人でなしだとしても、どんな口実でその子をここまで連れてこられるでしょう」

「口実など必要ない」とベットは商人の言葉をさえぎって言いました。「私が望むのは、おまえが連れてくるその娘が自分の意思でここに来ることだ、さもなくば、そんなものは要らない。娘たちのなかに、危ない目に遭ってもおまえの命を救おうとするほど勇気があっておまえを愛している者がいるかどうか、考えてみるがいい。どうやらおまえは正直者らしいな。連れてくる娘を決められるなら、一か月後に必ず戻ってくると誓うのだ。娘はこの場所に留まり、おまえには帰ってもらう。それが駄目なら、子供らに永遠の別れを告げておまえひとりで帰ってくると約束しろ。おまえは私のものになるのだから。だが」とベットは歯ぎしりをしながら続けました。「この提案を受け入れておいて逃げようなどと思うなよ。

断っておくが、万一そんな考えを持ったら、私はおまえを捜しに行き、たとえ十万人もの人が現われておまえを守ろうとしても、一族もろともおまえを滅ぼしてしまうからな」

老人は、娘たちの愛情を試しても無駄だとわかっていましたが、それでも怪物の提案を受け入れました。ベットのほうから探しに行くまでもなく、期日に帰ってきて、悲しい運命にわが身を委ねますと約束したのです。こう確約したので、商人はその場を引き取り、ベットに暇乞いができると思いました。ベットのそばにいるのは苦痛でしかありませんでしたから。与えられた赦しはわずかでしたが、それさえ取り消されないかと不安は消えません。商人が出発の意向を伝えますと、ベットは翌日まで帰ってはならないと言うのでした。

「夜が明け次第、馬の準備ができているだろう。その馬があっという間におまえを運んでくれるだろう。さらば。夕食をして、命令を待つように」

哀れなその男は、生きた心地もなく、ご馳走をいただいたあの広間へと引き返しました。大きな暖炉の前にはすでに夕食が備えられ、お座りなさいと誘っています。けれどももう、洗練された豪勢な料理には何の魅力も感じません。商人は不幸に打ちのめされていたので、ベットがどこかに隠れて自分を観察しているのではと不安に思わなかったら、またベットの厚意を無視してもその怒りを招くことはないとわかっていたら、食卓に着くこともしなかったでしょう。さらなる災難を避けるため、苦しむのをひととき中断し、悲しい気持ちが許す範囲で、すべての料理を十分に味わいました。

食事が済むと、隣の部屋で大きな音がしました。館の恐ろしい主に違いないと思いました。商人には彼を避ける自由はありませんから、物音に震え上がった心を静めようとしました。そのときベットが現われ、夕食はちゃんと食べたかとたずねました。老人は控えめに、おどおどしながら、ご配慮のおかげでたくさんいただきました、と答えました。すると怪物は言いました。

「約束してくれ、さきほどの誓いを忘れないと、そして名誉にかけてその約束を果たし、おまえの娘をひとり連れてくると」

そんなやりとりが苦痛だった老人は、約束したとおりにすると誓い、ひと月後にひとりで、あるいは条件を知らされてもついてくるほど父親を愛している娘がいれば、娘をひとり連れて来ることを宣誓しました。

「あらためて警告するが」とベットは言いました。「おまえが娘にどんな犠牲を払わせようとしているのか、娘がどんな危険を冒そうとしているのかを前もってしっかり伝えておくように。私がどんな姿をしているか、ありのまま教えてやるように。娘がこれから何をしようとしているのか、わからせてやるのだ。何より娘の決意に揺るぎがあってはならない。ここに連れてこられてから考えても手遅れだ。娘が約束を取り消すようなことがあってはならない。万一そうなっても彼女には引き返す自由はないし、おまえも一巻の終わりだ」

そんな話に参りきっていた老人は、すべてベットの命令通りにいたしますと約束を繰り返しました。

怪物はその返事に満足して、寝にいくよう命じ、日が昇って金の呼び鈴が鳴るまで起きてはならないと言いました。

さらに怪物は言いました。「出発前に朝食を食べるように。ベルのためにバラを一輪持ち帰ってよろしい。おまえを乗せていく馬は中庭に用意しておく。おまえに少しでも誠意があるなら、ひと月後に再会できるだろう。さらば。約束を守らなかったら、私のほうからおまえに会いに行くからな」

老人は、辛すぎるやりとりがさらに長引くのを恐れた老人が深々とお辞儀をしますと、ベットは言いました。「帰り道のことで心配するな、明日おまえが乗るのと同じ馬が、定められた時に家まで迎えに行く。娘とおまえが乗るにはそれで十分だろう」

眠れる気分ではありませんでしたが、受けた命令を無視するわけにはいきません。老人はやむなく床につき、太陽が部屋の中を照らしはじめるまで起きませんでした。朝食を早々に済ませると、庭へ降りて、持ち帰るようにとベットが命じたバラを摘みました。その花を見ると涙がはらはらとこぼれます。しかし、さらなる不幸を招くのを恐れた老人は、悲しみをこらえ、急いで約束の馬を取りに行きました。見ると鞍の上に暖かくて軽いコートが置いてあります。乗り心地は自分の馬より快適でした。老人が座るのを感じるとすぐに、馬は信じられない速さで駆け出しました。一瞬であの不吉な城が見えなくなると、老人は、前の日にそれを見つけたときのように嬉しく思いました。もっとも、またそこへ戻るという辛い義務が、そこから遠ざかる喜びを台無しにしてはいましたが。

物語の国にしかない速さで駿馬が軽やかに老人を運んでいるあいだ、老人はつぶやいていました。「私は何という約束をしてしまったのだ！」「家族の血を欲しがるあの怪物に、いっそ自分がひと思いに殺されたらよかったのではないか。私がした非道で浅はかな約束に免じて、やつは私の命を延ばしてくれた。あろうことか、娘の命を犠牲にしてまで生き延びようとするなんて。目の前でむさぼり食われるにちがいないのに、私はそんなところに娘を連れて行くような人でなしなのか……」けれどもそう言い終わる前に、突然こう叫びました。「まったく情けない！　私が一番恐れなきゃならないのはそんなことじゃない。かりに心のなかで骨肉の情を押し殺せたとしても、私ひとりでそんな卑劣な行為をやり通せるわけがない。娘は自分がどうなるのかを知り、そのことに同意する必要があるが、無情な父親のために自分の命を差し出すとはとても思えない。それに、私は娘にそんな提案をするべきじゃない。そんなのは間違っている。娘たちはみんな私を慕ってくれるから、自分の身を捧げようとするのがひとりくらいいるかもしれない、しかし、ベットをひと目見たらそんな勇気も吹き飛んでしまうだろうし、そうなっても文句は言えまい。ああ、あまりにも横暴なベットよ」と彼は大声で叫びました。「わざとそう仕組んだのだな。あんなささいな過ちなのに、おまえの怒りを逃れて許されるための方法に不可能な条件をつけるなんて、罰に侮辱を加えるようなものだ。しかし」と彼は続けて言いました「もう考えるのはよそう、もう迷わないぞ。無駄に助かろうとして父親としての愛をぐらつかせるくらいなら、きっぱりとおまえの狂暴さにこの身を委ねたほうがいい。引き返そう」老人はさらに言いました。「あの不吉な城へ。生きていたって惨めでしかないのだから、高い代償で余生をあがなおうなどとせず、与えられたひと月の期限を待たずに、今日すぐに戻ってこの不幸な人生を終えてしまおう」

そう言うと、来た道を戻ろうとしましたが、どうしても馬が引き返そうとしません。商人はいやいや連れて行かれながら、少なくとも娘たちには何も提案しない決心をしました。彼の家はもう遠くに見えはじめています。商人はますます堅く決意して言いました。「私の身に迫る危険のことはけっして娘たちに話すまい。もう一度娘たちを抱擁する喜びを味わおう。最後の助言をしてやろう。娘たちには兄弟と仲良く暮らすように言おう、息子たちには姉妹のことをよろしくと頼もう」

商人が家にたどり着いたのは、ちょうどそんな物思いに耽っているときでした。彼の馬が前の晩に戻ってきていたので、家族は心配していました。息子たちは手分けをして森のあちこちを捜し、消息を待ちかねた娘たちは、戸口に立ち、最初に会った人から知らせを聞き出そうとしていました。父親は見事な駿馬にまたがり、豪華な外套に身を包んでいたので、娘たちはそれとわかるはずもありませんでした。娘たちははじめ、父親が送った使者だと思い、鞍角に結びつけられていたバラを見て安心しました。

悲嘆に暮れたその父親がそばまで来て、ようやくその人だとわかった娘たちは、ただもう元気で帰ってきて本当によかったと喜びました。ところが、父親の顔には悲しみが漂い、その目からは涙が溢れて止まりません。歓喜は一瞬で不安に転じました。皆が慌てて悲しみのわけをたずねますと、父親は何も答えず、ただ、ベルに運命のバラを差し出しながらこう言いました。

「ほら、おまえが欲しかったものだよ。その代償はおまえにもほかの子供たちにも高くつくことだろう」

「思っていたとおりだわ」と長女が言いました。「お父さまはあの子にだけはお土産を持ち帰るに違いないって、さっきも言っていたところですわ。季節外れのものを無理に手に入れたのですから、私ら五人分のお土産のためにもしなかったような苦労をなさったのでしょう。このバラはおそらく夜までに萎(しお)れてしまうでしょうが、かまうものですか、お父さまはたとえどんな代価を払っても幸せ者のベルを喜ばせたかったのですから」

「たしかに」と父親は悲しげに言いました、「このバラは高くついてしまったよ、おまえたちが欲しがっていた装身具の値段を全部足しても足りないほどにね。もっとも、金で払ったんじゃない。有り金(あがね)をはたいてバラを買っていたらまだよかっただろうに」

この話が子供たちの好奇心をそそり、事件のことは言わないでおこうという父親の決意は消え失せました。今回の旅がよい結果を生まなかったこと、財産の幻を追いかけて苦労したこと、怪物の城で起こったことを全部子供たちに打ち明けたのです。ことが明らかになると、絶望が希望と喜びに取って代わりました。

すべてのもくろみがとつぜん無に帰したのを見て、娘たちは悲痛な叫び声を上げましたが、しっかりした兄たちはきっぱりと言いました。

「父上をあの不吉な城へ帰すものか。不敵にも父親を連れにこようものなら、おぞましいベットを地上から抹殺するくらいの勇気はある」

老人は子供たちの苦悩を見て心を打たれましたが、「暴力はいけないよ、自分で約束したことだから、その約束を破るくらいなら自ら命を絶つつもりだ」と言うのでした。

それでも息子たちは父親の命を救う方策はないものかと思案しました。熱意と勇気でいっぱいの彼らは、自分たちのひとりがベットの怒りに身をさらしに行ってはどうかと考えました。しかしベットは、息子ではなく娘のひとりをほしいとはっきり言っているのです。勇敢な兄弟は、自分たちの思いを実行できないことを残念がり、なんとかして姉妹たちにも同じ考えを抱かせようとしました。けれどもベルに対する姉たちの嫉妬は、それだけで、勇敢な行為の乗り越えがたい障害になっていました。

「自分たちがしてもいない過ちのために恐ろしい仕方で死ぬなんて不当だわ」と娘たちは言いました。「それじゃまるで、私たちがベルの犠牲になるようなものじゃない、みんなはあの子のために私たちを犠牲にしてもいいのかもしれないけれど、義務はそんな自己犠牲を命じるものではないわ。まったく、あの子が慎ましげで、しじゅう説教臭いことばかり言ってる結果がこれだわよ。どうして私たちみたいに小物やアクセサリーを頼まなかったのかしら。買ってきてはもらえなかったけれど、少なくとも、お願いするのはただだし、図々しいお願いのために父親の命を危険にさらしたなんて自分を責める理由は私たちにはないわ。あの子は何においても私たちより恵まれているのだから、無私無欲を装って目立とうとしなかったなら、お父さまはあの子を喜ばせるためのお金ぐらい手に入れてくださったはずよ。なのに妙な考えを起こすから、あの子は私たち全員の不幸の原因になってしまった。不幸を引き寄せるのは彼女なのに、とばっちりを受けるのは私たちなのだわ。騙されるものですか。ベルが招いた不幸なのだから、ベルが手を打つべきよ」

ベルはあまりの苦しさで気絶しそうになりながらも、嗚咽と嘆息を押し殺して、姉たちに言いました。

「この不幸を招いた責任は私にあります。それを償うのは私ひとりの役目です。私の過ちのために皆が苦しむのはたしかに不当なことです。ああ、でもそれは罪のない過ちです。夏の盛りに一輪のバラを欲しがることが極刑で罰せられることになるなんて、私に予想できたでしょうか。とはいえ犯した過ちは取り消せません。私に罪があろうとなかろうと、それを私が償うのはもっともなことです。他人のせいにはできません」と決然とした口調でベルは続けました。「その恐ろしい契約からお父さまを解放するために、わが身を危険にさらしましょう。私がベットに会いに行きます。自分が死ぬことで、命を授けてくれた人の命を守れるなら、そしてあなたがたの不満を静められるなら、こんなに嬉しいことはありません。私の決心が翻ることはけっしてありませんから、ご心配なく。どうかお願いですから、これからのひと月は、あなたがたの非難を聞かずにいられるようにしてくださいな」

年端も行かぬ少女が見せた毅然とした態度に、皆は非常に驚き、ベルを心から愛していた兄たちは、その決意に心を打たれました。ベルは深い思いやりをもって尽くしてくれたので、兄たちはそんなベルを失うと思うと辛くなるのでした。けれども父親の命は救わねばなりません。親孝行という大義が皆を沈黙させました。もう決まったことだとすっかり納得した兄たちは、高邁な考えに反対するどころか、ただはらはらと涙を流し、妹の高潔（こうけつ）な決心に称賛（しょうさん）の言葉をおくるだけでした。あまりにも残酷（ざんこく）な仕方で命を捧げようとしているベルはまだたったの十六歳、命を惜しむ資格が十分あるだけに、なおさらその決心は立派なのでした。

父親だけは、末娘の意図に同意しようとしませんでした。けれども恥知らずな姉たちは、お父さまはベルのことにしか心を動かさない、不幸を招いたのはベルなのに、お父さまはその過失を償うのが姉たちの誰かでないのを不満に思っていらっしゃるのだと責め立てます。

そのように不当なことを述べ立てられ、父親は折れざるをえませんでした。それにベルのほうからも、身代わりになるのを父親が許さなくても、反対されてでもそうするつもりだ、自分はひとりでベットに会いに行くつもりだし、お父さまを救えなければ自分が駄目になるのだから、ときっぱり言うのでした。

「わからないじゃありませんか」とベルはつとめて平然としたふりをして言いました。「もしかすると、私に与えられた恐ろしい運命には、それが恐ろしく見えるのと同じくらい幸福なもう一つの運命が隠れているのかもしれませんわ」

ベルの話を聞いた姉たちは、その空想的な考えを聞いてほくそ笑みました。妹が思い違いをしていると思うと、嬉しくてたまらなかったのです。一方、ベルのそういう理屈に説得された老人は、この娘が彼の命を救って家族全員を幸せにするだろうという予言をかつて聞いたのを思い出し、ベルの意志に反対するのをやめました。いつのまにか皆はベルの出発のことを、ほとんど当たり前のことのように話していました。ベルは会話が弾むように気を配りましたが、家族の前で何らかの幸せを期待するそぶりを見せるのは、ただ父親と兄たちを慰めるため、それ以上心配をかけないためでした。ベルは自分に対する姉たちのふるまいを快く思いませんでした。早くいなくなってほしいとじりじりしているのがわかりましたし、じっさい姉たちは、ひと月がなかなか過ぎないと感じていたからです。それでもベルは自分が持っていたささやかな調度品やアクセサリーを惜しまず分けてやるのでした。

　姉たちは今回もベルの高潔さのしるしを喜んで受け取りましたが、それでも憎しみは和らぎません。陰険な嫉妬のせいで妹をかわいいと思えない、その姉たちが狂喜したのは、妹を連れて行くために送られた馬のいななきが聞こえてきたときでした。父親と兄たちは激しく悲しみ、この悲劇的な瞬間に耐えきれず、馬の喉をかき切ってしまいたいと思いましたが、平静さを失わないベルは、今になってそんなばかげたことをしてもうまくいくはずはないと諫めるのでした。兄たちにお別れをすると、ベルは冷淡な姉たちを抱きしめ、それは心にしみる挨拶をしたので、姉たちも思わず涙し、ほんの数分間は兄たちと同じように悲しんでいるような気がしたほどでした。

こうして遅ればせの悲しみがほんのつかのま続くあいだに、老人は娘にせき立てられて馬に乗り、娘はまるで楽しい旅に出るようにいそいそと馬の後ろに乗りました。馬は走るというより飛んでいるようでした。ものすごいスピードでも気分が悪くなることはちっともありません。風変わりなその馬はじつに静かに走るので、西風のそよぎのほかは何の動揺も感じませんでした。

道すがら父親は、馬から下ろしてあげよう、私ひとりでベットに会いに行くからと幾度も申し出ましたが無駄でした。

「考えてごらん、かわいい娘よ」と父親はベルに言いました。「今ならまだ間に合う。あの怪物はおまえの想像以上に恐ろしいのだよ、おまえの決心がどれほど固くても、あいつを見たら挫けてしまうだろう。そうなったら最後、おまえはもう助からない、私もおまえも命を落とすことになろう」

「かりに私が幸せになれると期待して」とベルは慎重に答えました。「あの恐ろしいベットに会いに行くなら、実際に会って期待が裏切られることはあるでしょう。けれども私は遠からず死ぬつもりですし、それは確実なのですから、私を死なせる者が私の気に入るか、それとも私をぞっとさせるか、なんてどうでもいいじゃありませんか？」

そんなやりとりをするうちに夜になりましたが、馬は闇のなかも同じように進み続けました。すると突然、びっくり仰天の光景が夜の闇を吹き飛ばしました。ありとあらゆる打ち上げ花火――照明弾、回転花火、太陽花火、打ち出し物など、火薬で作られるこの上なく美しいものどもがふたりの旅人の目に飛び込んできたのです。楽しくも思いがけないその光は、森全体を照らしながら、ちょうどよい暖かさを大気に放っていました。この国では日中より夜間のほうが寒さが厳しく感じられるため、そんな暖かさがそろそろ必要になっていたのでした。

　このすてきな光に助けられながら、父と娘はオレンジの並木道に降り立ちました。ふたりが到着すると、花火が終わりました。花火に代わって立ち現われたのは、手に松明（たいまつ）を灯（とも）したいくつもの彫像でした。さらに、宮殿の正面は無数のカンテラ〔携帯できる灯油ランプ〕で覆われていましたが、左右対称に置かれたカンテラは、愛の湖や、冠を戴（いただ）いた飾り文字をかたどっており、Lの文字とBの文字を二つずつ重ねてあるのが見えました。中庭に入ると祝砲（しゅくほう）がふたりを歓迎し、さらに数限りないさまざまな楽器が優しい音や勇ましい音でうっとりするような階調を奏でました。

　ベルはふざけて言いました。「ベットはきっとものすごくお腹がすいているのね、餌食（えじき）の到着をこんなに盛大にお祝いするのですから」

　たぶん自分の命を奪うことになる出来事が近づき、動揺していたベルでしたが、次から次へと現われては世にも美しい光景を繰り広げる華麗な祭典に見入りながら、父親にこう言わずにはいられませんでした。

「私の死の支度（したく）は、世界一偉大な王の婚礼（こんれい）より華（はな）やかですのね」

　馬は入り口のステップの前まで来て止まりました。娘が軽やかに馬から降りると父親も地面に降り立ち、すぐに娘を連れて玄関に入り、かつて手厚いもてなしを受けた客間へと向かいます。ふたりがそこで見たのは、大きな暖炉の火と、芳しい香りを放つ蠟燭の明かり、そして豪華な食事が盛られたテーブルでした。

老人はベットが客にご馳走する仕方をよく知っていましたので、食事は自分たちのためのものだから、いただいてよいのだと娘に言いました。ベルは何の抵抗もなく食事をしました。それで死期が早まることはないとわかっていたからです。むしろそうすれば、いやいや怪物に会いにきたのではないことをわかってもらえるだろうと思いました。自分が誠実に接すれば、ベットの態度が和らぐかもしれない、この出来事は当初心配していたほど悲惨なものにはならないかもしれないとさえ考えました。恐ろしいベットのことでさんざん脅かされてきましたが、そのベットは一向に現われません。宮殿のなかでは、何もかもが喜びと華やかさにあふれています。喜びも華やかさもベルの到着が生じさせたように思われるだけに、それが葬儀の準備だとはとても思えませんでした。

ベルの期待は長続きしませんでした。怪物の音が聞こえてきたのです。そのとてつもない体重と、鱗がぶつかり合う恐ろしい音と、ぞっとするようなうめき声がつくり出す身の毛のよだつような物音が、怪物の到着を告げたのです。ベルは恐怖に襲われ、老人は娘を抱きしめながら鋭い悲鳴をあげました。けれどもベルは、一瞬で感覚の手綱を取り戻し、動揺から立ち直りました。ベットが近づいてくるのを見ると、心のなかでは震えあがっていましたが、確かな足取りで進み出て、慎ましく深い敬意を込めてお辞儀をしました。そういう態度を怪物は好ましく思いました。彼はベルをまじまじと見つめたあと、憤った感じはありませんが、どんなに勇敢な人でもぞっとするような声で言いました。

「こんばんは、老人よ」そしてベルのほうに向き直って同じように言いました。「こんばんは、ベル」老人はまだ娘に何か悪いことが起こるのではと恐れて、返事すらできません。いっぽうベルは平然として、おだやかな、しっかりとした声で言いました。

「こんばんは、ベット」

「あなたは自ら進んでここに来たのか。父親を帰して、あなたはついて行かないということでよろしいか？」とベットが聞きますと、ベルは、異存（いぞん）はありませんと答えました。

「ほお！　ならばおまえは父親の出発の後、自分がどうなると思うのかね？」

「あなたのお好きなように」とベルは言います。「私の命を自由にお使いください。あなたがお決めになる運命にただひたすら従いますから」

「あなたの従順（じゅうじゅん）さに満足した」とベットは言いました。「あなたは力ずくで連れてこられたのではないのだから、私のもとにとどまりなさい」そして商人には、「老人よ、おまえは明日、日の出とともに出発しろ。鐘の音で知らせるから、朝食がすんだらぐずぐずするな。同じ馬におまえを家まで運ばせよう。しかし」、とベットは付け加えて言いました。「家族のもとに帰ったら、二度とわしの館を訪ねようなどと思うなよ。おまえは永遠に出入り禁止なのを忘れるな」そして怪物はベルにむかって話しつづけました。

「あなたの父親を隣の衣装（いしょう）部屋に連れて行きなさい。そこであなたと父親はそれぞれ、兄弟姉妹が喜びそうなものを何でも選びなさい。旅行鞄が二つあるから、一杯になるまで詰め込みなさい。皆があなたを忘れずにいるよう、何か高価なものを贈るがいい」

怪物の気前の良さをよそに、ベルはもうすぐ父親が出発することに動揺し、ひどく悲しい気持ちでした。それでも彼女はベットの命令に従う準備に取りかかりました。ベットは入ってきたときのように、おやすみなさいベル、おやすみなさい老人よ、と言うと、ふたりを残して出ていきました。

ふたりきりになると、老人は娘を抱きしめながら、とめどなく涙を流しました。娘を怪物のもとに残して出発するのは、どんな責め苦より辛く思われました。娘をこんなところに連れてくるんじゃなかった、門は開いている、娘を連れて帰れたらいいのに……けれどもベルは、そんな企て(くわだて)は危険だし、あとで大変なことになると父親に言い聞かせるのでした。

ふたりは言われたとおり衣装部屋に入り、豪華な品々を見つけて仰天(ぎょうてん)しました。部屋を埋めつくす装身具の数々はじつに見事で、一国の女王さえこれ以上美しく趣味のよいものは望めないだろうと思われたほどです。お店でもこれ以上品物が揃っているところはありません。

ベルは家族の現在の状態ではなく、贈り物をしてくれるベットの豊かさと気前の良さを基準に、それに最もふさわしいと思われる装身具を選ぶと、今度は黄金の枠をあしらった水晶の扉の戸棚を開きました。外観がそれだけ華麗なのですから、希少(きしょう)で貴重な宝があることは予期していましたが、あらゆる種類の宝石が山のようにあったので、ベルの目はまぶしさに耐えられないほどでした。ベルは命令に従おうとして、遠慮なしに、とてつもない量の宝石を取ると、兄や姉それぞれのために作ってあった贈り物の山に加えていきました。

最後の戸棚を開けてみると、金貨がぎっしり詰まった金庫そのものでしたので、ベルは考えを変えました。

「私、思うのですけど」と娘は父親に言いました。「旅行鞄を二つとも空にして、現金で一杯にしたほうがいいかもしれません。お父さまはそれを好きなように皆にあげてください。この方法なら、秘密を誰にも教えなくてすみますし、安全に富をご自分のものにできましょう。宝石類のほうがはるかに高価ですが、それを活用するのは容易じゃありません。それを使うためには、だれかに売ったり託したりするしかありませんが、先方はお父さまに羨望の目を向けずにはいないでしょう。誰かを信用すれば、それが命取りになるかもしれません。けれども金貨なら」と、娘は話を続けました。「もめごとに巻き込まれることもなく、簡単に土地や家を手に入れたり、高価な家具やアクセサリーや宝石を買ったりできますわ」

父親は娘の言うとおりだと思いました。けれども娘たちにアクセサリーや装身具を持ち帰りたかったので、金貨の場所を空けるために、自分で使うために選んであったものを鞄から出しました。そこに大量の現金を入れましたが、一向に満杯になりません。旅行鞄は蛇腹になっており、入れれば入れるだけ広がっていきます。さきほど鞄から出した宝石の入る余地もでき、最終的には父親が望んだ以上のものを入れることができました。

「これだけ現金があるのだから」、と父親は娘に言いました。「宝石類は都合のいいときに売ってしまえばいい。おまえから言われたとおり、財産のことは誰にも、子供たちにも教えないつもりだ。私が金持ちになったとわかったら、あの子たちは田舎暮らしをやめようと、うるさく言ってくるだろう。だが田舎は、私が穏やかな幸福を見つけた唯一の場所なのだ。世の中にはびこる似非友達の裏切りなど、そこでは味わったことがないのだから」

しかし旅行鞄は非常に重く、象ですら押し潰されそうなほど重かったので、今しがた思い描いた希望は絵に描いた餅でしかないと老人は思うのでした。

「ベットに一杯食わされたな」と父親は言いました。「奴は財宝をくれるふりをして、それを持ち帰れないようにしたのだ」

「決めつけるのはまだ早いですわ」とベルは答えました。「ベットが気前よく贈り物をするのは、お父さまが図々しくねだったり、がつがつと欲深い目つきをしたりしたからではありません。冗談にしてもお粗末ですわ。怪物のほうから言ってきたのですから、財宝がお父さまのものになるよう、ちゃんと方法を考えてくれるはずですわ。私たちは旅行鞄を閉じてここに置いておけばいいのです。どんな馬車でそれを届けたらいいか、わかっているでしょうから」

これほど慎重な考え方はできるものではありません。老人はこの意見に賛成し、娘といっしょに客間に戻りました。ふたりでソファに座っていると、すぐに朝食が出されました。父親は前の晩よりよく食べました。先ほどのことで絶望感が薄れ、落ち着きを取り戻しつつありました。もしもベットが、二度と城に戻ろうとは思うな、娘に永久の別れをするように、などと残酷なことを言わなければ、父親は悲しまずに出発できたことでしょう。本当に取り返しのつかない災いは死だけですが、老人はまだ完全にその宣告を受けたわけではありません。たとえ受けていたとしても、取消不可能ではあるまいと高をくくり、そう期待することで、城の主に十分満足して出発しました。

ベルはそれほど満足していませんでした。幸福な未来が準備されているとはとても思えませんし、怪物が家族に山ほど贈った高価な贈物は自分の命の代価なのではないか、ふたりきりになれば、たちまち自分は喰われてしまうのではないか、と不安に思いました。とにかく自分を待ち受けているのは永遠の牢獄で、たったひとりの道連れがおぞましいベットなのだと悲観していたのです。

そんなことを考えながらぼんやりしていると、二つ目の鐘が別れの時を告げました。ふたりは中庭に降りてゆき、父親はそこに二頭の馬を見つけました。一頭は二つの行李を牽き、もう一頭は父親専用です。上質な外套をかけ、鞍には飲み物などを詰めた袋を備えたこちらの馬は、前に乗ったのと同じでした。ベットの心づくしのことを話題にしたいところでしたが、馬がいななき、足で地面を掻いて、別れの時がきたことを知らせせました。

商人はぐずぐずしてベットを怒らせるのを恐れ、娘に永久のお別れをしました。二頭の馬は風よりも早く走り出し、一瞬のうちにベルの視界から消えました。ベルは泣きながら自分にあてがわれた部屋へ上ってゆくと、そこでしばらくのあいだ、この上なく悲しい物思いにふけりました。

そうするうちにベルは強い眠気を感じ、ゆっくり休みたいと思いました。ひと月以上前からそうできずにいたのです。ほかにすることもないので、横になろうとすると、ナイトテーブルの上にホットチョコレートが用意されていました。眠気で朦朧（もうろう）としながらそれを飲み終えると、とたんに瞼（まぶた）が閉じて眠りに落ちました。運命のバラを受け取ったあの瞬間以来、こんなに安らかに眠ったことはありませんでした。

眠りのなかで、ベルは見渡すかぎりの大水路〔水路（canal）とは、かつて宮殿に造営された長方形の池のこと。ここでは「見わたす限りの」広大さが強調されていることから、ル・ノートルが設計したヴェルサイユ宮殿の大水路が想起される。〕のほとりにいる夢を見ました。大水路の両側には二列ずつ、オレンジの木と花をつけた非常に丈（たけ）の高いギンバイカの木が植えられています。そこでベルは自分の悲しい身の上を思い、外に出る希望もなく死ぬまでこの場所で過ごさねばならない不運を嘆くのでした。

すると愛の神を描いたように美しい青年が、心に響く声で言いました。

「ベルよ、自分がそう見えるほど不幸だと思ってはいけないよ。ほかの場所では不当にも与えられなかった褒美（ほうび）をおまえはこの場所で受け取ることになる。眼力（がんりき）を働かせて、偽装（ぎそう）のうわべに隠された私を見抜いておくれ。私といるのが軽蔑（けいべつ）すべきことなのか、おまえにふさわしくないあの家族と一緒にいるよりましではないのか、私を見て、判断しておくれ。願ってごらん、おまえの望みはみな叶えられるだろう。私はおまえを真心（まごころ）から愛している。おまえだけが私を幸せにできるし、それによっておまえも幸せになる。自分を裏切ってはいけないよ。おまえは美しさにおいてそうであるように、心のさまざまな資質においても他の女たちよりすぐれているのだから、私たちは完璧な幸せを手に入れるだろう」

次に、たいそう魅力的なこの幻は彼女の膝元に現われ、いろいろと嬉しい約束をし、この上なく真心のこもった話をしました。熱烈な言葉で、どうか早く自分を幸せにしてほしい、それはあなたひとりにかかっている、と言うのでした。

「いったい私に何ができるのですか」とベルは真剣に言いました。

「ただひたすら感謝の気持ちに従いなさい」と青年は答えました。「自分の目に相談してはいけない。けっして私を見捨てないで。私が耐え忍ぶ恐ろしい苦しみから救い出しておくれ」

この最初の夢のあと、ベルは豪華な書斎にひとりの貴婦人と一緒にいるような気がしましたが、その威厳に満ちた態度と驚くほどの美しさに深い敬意を覚えました。貴婦人はそっと優しく言いました。

「愛らしいベルよ、残してきた者たちを思って悲しむのはやめなさい。輝かしい運命がおまえを待っています。それにふさわしくなりたいなら、うわべの誘惑に負けないよう用心なさい」

ベルは五時間以上も眠りつづけました。そのあいだじゅう、あの青年はいろいろな場所で、いろいろな格好をして現われました。ある時はベルのために雅な宴を催し、またある時はこの上なく深い愛情を告白するのでした。何と心地よい眠りだったことでしょう。できればもっと続いてほしいくらいでしたが、明るさで目が覚めて、眠りに戻ることができませんでした。それでベルは、今しがた味わった楽しみはただの夢だったのだと思いました。

柱時計がベルの名前をメロディーに乗せて十二回呼び、正午を告げたので、ベルは仕方なく起き上がりました。最初に目に入ったのは、婦人用の必需品を完備した化粧台でした。ベルは自分でも理由のわからないある種の喜びを感じながら身支度をし、客間へ向かいますと、ちょうど昼食が出されたところでした。

ひとりで食べる食事はすぐに済んでしまうものです。自室に戻り、ソファに身を投げ出すと、夢に見た青年の姿が心に浮かんできました。

「私はおまえを幸せにすることができる、と彼は言っていたわ。たぶんあの恐ろしいベットはこの屋敷の主人で、あの人を牢屋に閉じ込めているのだわ。どうしたら助け出せるかしら。うわべを信用してはいけないと繰り返し言われたけど、何のことだかさっぱりわからない。ああ私ってなんて愚かなの！　眠りから生まれて、目覚めると消えてしまう、ただの幻なのに、それを解明する理由探しにかまけるなんて！　そんなものに気を取られている場合じゃないわ。自分の今の境遇のことだけを考えて、退屈に負けないための楽しみを見つけなくちゃ」

それから少しして、ベルは城にあるたくさんの部屋を見物しはじめましたが、こんなに美しいものを見たことがなかったので、すっかり魅了されてしまいました。最初の部屋に入ると、そこは鏡張りの大きな書斎でした。あらゆる角度から自分の姿を見ることができます。まず目に留まったのは、飾り燭台にかけられたブレスレットでした。そのなかに、眠っているときに見たようなハンサムな騎士にそっくりの肖像画が入っています。どうして見間違えるはずがありましょうか、その人の顔かたちはすでにあまりにもくっきりとベルの精神に、そしておそらくその心にも刻みつけられていたのです。ベルはいそいそとそのブレスレットを腕につけました。そんなことをしていいのかどうか考えることもしませんでした。

その書斎から回廊へと入って行くと、たくさんの絵画のなかに、さきほどのと同じで等身大の肖像画がありました。その絵は自分をそれは愛おしく見つめているように思われたので、肖像画がその人自身であるかのように、あるいは自分の思いを覗かれているかのように、ベルは顔を赤らめました。

さらに歩いて行くと、いろいろな楽器がたくさんある部屋に行き当たりました。楽器はだいたい何でも弾けるので、試しにいくつか弾いてみましたが、クラヴサンが自分の声と合わせやすいので、いちばん気に入りました。この部屋を出ると、今度は絵画のとは別の回廊に入りました。そこには膨大な書物が収められていました。ベルは勉強好きでしたが、田舎に住むようになってからは、そういう楽しみがありませんでした。困窮した父親が仕方なく蔵書を売ってしまったからです。ここでならベルの旺盛な読書欲も簡単に満足させられますし、ひとりぼっちの退屈を味わわなくて済みます。全部を見終えないうちに一日が過ぎてしまいました。夜が近づくと、すべての部屋に香りのよい蠟燭が灯されます。それらの蠟燭を載せた透明あるいは色とりどりのシャンデリアは、クリスタルガラスではなく、ダイヤモンドやルビーで出来ていました。

いつもの時間になると、同じように入念に、同じように洗練された仕方で食事が出されていました。ベルの前には人影がまったくありません。おまえはひとりきりになるよと父親が言っていたとおりでした。そんな孤独にも慣れてきたそのとき、ベルの耳はベットの気配を感じ取りました。まだひとりでベットと会ったことがなく、会ったらどうなるのかもわからず、ベットが自分を喰いにくるおそれさえあるわけですから、怖がらずにいられるはずもありません。けれどもやってきたベットの態度には猛々しいところがぜんぜんないので、ベルの恐怖心は消えてゆきました。その異形の巨人は鈍重な調子で言いました。

「こんばんは、ベル」

ベルは物柔らかに、けれども少し震えながら同じ挨拶を返しました。

怪物はいろいろと質問し、どんなふうに過ごしたのかと尋ねたので、ベルは言いました。

「あなたの宮殿を見物して一日を過ごしましたが、あまりに広いので、いくつものお部屋やそのなかにある美しいものたちを全部見るには時間が足りませんでした」

「あなたはここの暮らしになじめると思いますか?」

とベットが聞きますと、こんなにすてきな場所で暮らすのはわけもないことです、と娘は礼儀正しく答えました。同じ話題について一時間も話すうちに、ベルはベットがぞっとするような声を無理にしぼり出していることや、ベットには狂暴というより愚鈍な傾向があることを簡単に見抜きました。

ベットはストレートに、一緒に寝させてくれませんか、と聞いてきました。

思いがけない質問に恐怖がよみがえったベルは、思わず悲鳴を上げて「ああ、もうおしまいだわ」と叫びました。

「ぜんぜんそんなことはありませんよ」とベットは穏やかに言います。「だから怖がらずにきちんと答えてください。はいかいいえではっきり言ってください」

ベルは震えながら「いいえ、ベット」と答えると、従順な怪物は言いました。

「わかりました、あなたが望まないのですから、私はおいとまします。おやすみなさい、ベル」

怯えていた娘は心底ほっとして、「おやすみなさい、ベット」と答えました。

暴力の心配がなくなったので大喜びの娘は、安心して横になると、眠りに落ちました。やがて愛しい謎の青年がベルの精神のなかに戻ってきました。彼は優しくこう言っているようでした。

「大切なベル、再びあなたに会えるのはなんて嬉しいことでしょう、けれども、あなたにつれなくされるのはなんて辛いことでしょう。長い長い片思いを覚悟すべきなのはわかっています」

ベルの想念の対象が切り替わり、青年が彼女に王冠を差し出しているように思われました。眠りのせいで彼はじつにさまざまな所作をして現われます。彼女の足下に跪いたかと思えば、大きな喜びに恍惚とし、時には止めどなく涙を流して彼女を心の底から動かします。喜びと悲しみのないまぜは一晩中続きました。目覚めたとき、愛しいその人が心に焼き付いていたので、ベルはあの肖像画を探してあらためてそれと付き合わせ、自分の目に間違いがないか確かめようとしました。大急ぎで絵画の回廊へ行ってみると、その人自身であることがそれまで以上によくわかりました。どれほど長い時間その絵に見とれていたことでしょう。けれどもベルは自分の弱さが恥ずかしくなり、腕に付けたブレスレットの肖像画を見るだけでがまんしようと思うのでした。

　こうして、ロマンチックな物思いにきりをつけようと思い立ったベルは、庭へ下りて行きました。お天気に誘われて散歩に出て見ると、目に魔法がかかったかのよう、こんなに美しいものを自然のなかに見たことがありません。木立にあしらわれた見事な彫像や無数の噴水が空間を飾っていましたが、それらはほとんど視界から消えてしまうほど高く聳えていました。

　ベルがいちばん驚いたのは、眠りのなかで謎の青年と夢で会ったのと同じ場所がそこに見えたことです。なかでもオレンジとギンバイカの木に縁取られた大水路が見えたときは、もはや虚構とは思えないあの夢をどう考えたらいいのかわからなくなりました。ベットが誰かを宮殿に閉じ込めていると考えれば、説明がつくようにも思いました。さっそくその晩にも解明しよう、いつもの時間にやって来るはずのベットに聞いてみようと決心しました。その日は体力が許すかぎり歩きまわりましたが、それでも宮殿のすべてを見ることはできませんでした。

　前の日に見られなかった部屋も、他の部屋に劣らず見る価値のあるものでした。ベルの回りには楽器や珍しい品々があふれていましたが、さらに別の書斎のなかには、仕事の道具もありました。その部屋は、布袋、結び目を作るための杼〔はた織り機の部品、シャトル。〕、裁断鋏、あらゆる裁縫仕事のために作られた作業場など、要するにあらゆるものが備わっていました。このすてきな部屋にある窓の一つから壮麗な回廊が見え、そこからこの世でも最も美しい国を見ることができました。

この回廊には、珍しい鳥でいっぱいの鳥籠（かご）がわざわざ置かれていましたが、ベルがやってくると、その鳥たち全員が見事な合唱をしてくれました。鳥たちはまた、彼女の肩の上に止まりにきましたが、愛情深いこの動物たちはベルのいちばん近くに来ようと競い合うのでした。

「愛らしい籠の鳥」とベルは鳥たちに話しかけます。「すてきな鳥さんたち、みなさんが私の部屋からこんなに遠くにいるのが残念でなりません。そばにいたらあなたたちの歌をたびたび聞かせてもらえるのに」

そう言いながらドアを開けたベルは、まあ何ということでしょう、館（やかた）を構成する一続きの部屋をぐるりと回ってやっとたどり着いた、その美しい回廊から遠いはずの自分の部屋に着いていたではありませんか。隣室（りんしつ）に鳥たちがいるのをそれまで隠していた框戸（かまちど）が開いていたのです。鳥たちの声を聞きたくないときには、この扉が音をさえぎるのでとても便利でした。

さらに歩いて行くと、羽の生えた別の動物の群れが見えてきました。種類も色も多種多様なオウムたちです。ベルが現われると皆いっせいにお喋（しゃべ）りを始めました。あるものはおはようと挨拶し、あるものは朝ごはんを要求し、軟派（なんぱ）な三番目のオウムはベルにキスをせがみます。数羽のオウムはオペラのアリアを歌い、他の数羽はすぐれた作家の詩を朗唱（ろうしょう）する、というように、皆でベルを楽しませようとするのでした。籠の鳥たちに劣らず優しく人なつこいオウムたちの存在は、ベルを心底喜ばせました。話しかける相手ができたのはとても嬉しいことでした。沈黙はベルにとっては苦痛だったからです。数羽のオウムに質問をしますと、動物にしてはじつに才気のある返事が返ってきました。ベルが気に入ったオウムを一羽選びますと、他のものたちはえこひいきを嫉妬して切々と不満を訴えます。ベルは皆を撫でてやり、いつでも好きなときに会いにきていいと言ってなだめるのでした。

そこからほど近いところに見えてきたのは、いろんな体格のサルの大群でした。大きいもの、小さいもの、オマキザル、人間の顔を持つサル、ほかに顎髭が白や緑や黒や曙色のサルもいました。

ベルがたまたま通りかかると、サルたちは自分らの部屋の入り口に出て彼女を迎えました。恭しくお辞儀をし、何度も宙返りをして、この訪問をどれほど光栄に感じているかを身振りで示します。盛大に歓迎しようと、サルたちは綱の上で踊りを披露するのですが、ひらりひらりと宙を飛ぶその巧みさと軽やかさはたとえようもありません。ベルはサルたちに大満足でしたが、謎の美青年のことを知る手がかりが何もないのは不満でした。それを知るのはあきらめ、夢の出来事はただの妄想なのだと考え、あの手この手で忘れようとするのですが、どうしても忘れられません。ベルはサルたちを撫で、優しくさすりながら、何匹か一緒に来てお供をしてくれないかしらと言いました。

その瞬間、待ってましたとばかりに、宮廷服を着た二匹の大雌ザルが重々しく進み出て、ベルの両側につきました。さらに二匹の活発なサルが彼女のドレスの裾を持ち、小姓の役目を果たします。

侍臣の出で立ちの愉快なマゴット〔野生ザルの一種〕が、きちんと手袋をはめた手を差し出しますと、ベルはこの奇妙な一団にともなわれて食堂へ向かいました。食事中はずっと鳥たちが楽器のようにさえずって、オウムたちの歌声に正確な伴奏をします。それは最新流行の最高に美しいアリアでした。演奏会のあいだ、ベルの従者を自任するサルたちは一瞬で地位と役割を決め、さっそく任務に就きました。儀礼に則り、女王に仕える廷臣にふさわしい技量と敬意をもってベルに給仕するのでした。

食事が終わると、また別の一団が新たな見世物でベルを楽しませようとやってきました。世にも珍奇な仕方で悲劇を演じるいろんな種類の役者たちです。雄ザル紳士と雌ザル淑女らは、刺繍や真珠やダイヤモンドをふんだんにあしらった舞台衣装をまとい、それぞれの台詞にぴたりと合った身振りをします。その台詞を言うのはオウムたちですが、じつにはっきりとじつにタイミングよく言うので、鳥たちが役者のかつらやマントの下に隠れているのを知らなければ、この新種の役者たちが口パクをしていることには気がつかなかったでしょう。これらの役者用に特別に作られたらしいこの芝居を、ベルは大いに堪能しました。悲劇が終わると、役者のひとりがベルの前に進み出て見事な挨拶をし、寛恕して聴いてくださりありがとうございますと言いました。そのあとは、ベルの相手をするための部屋付きのサルたちだけが残りました。

夕食のあとは、いつものようにベットがやってきてベルを訪問しました。同じ質問と同じ返答のあと、「おやすみなさい、ベル」で会話は終わります。着付け役の雌ザルたちが女主人の服を脱がせて寝床に休ませ、鳥小屋の窓を開ける配慮も怠りません。鳥たちが昼間より静かに歌って眠りへといざない、五感を眠らせ、すてきな恋人に再会する喜びをベルに与えるためでした。

ベルが退屈を感じる間もなく数日が過ぎました。一瞬一瞬が新たな楽しみで彩られていました。サルたちは器用にも三、四回の授業で各自一羽のオウムを調教してゆきます。オウムは通訳として、サルが身振りでそうするのと同じ速さと正確さでベルの質問に答えるのでした。そうなると、ベルにとって気が重いのは、毎晩ベットに会うのをがまんすることだけでしたが、それは短時間で済むことでした。それにベルがありとあらゆる楽しみを味わえるのはベットのおかげに違いないのでした。

その怪物がおとなしいので、時々ベルは、夢で会うあの人について何か教えてもらえないか聞いてみようと思いました。けれども、ベットが自分を愛していることは十分わかっていましたし、そんな質問はベットの嫉妬を招くおそれがありますから、用心のため口を閉ざし、好奇心を満足させようとはしませんでした。

ベルは魔法の宮殿にあるすべての部屋を幾度も繰り返し見て回りました。珍しいもの、珍奇なものや豪華なものには自然と目が行くものです。ベルはまだ一度しか見ていない大きなサロンに足を運びました。この部屋には四方に窓がありますが、そのうち開いているのは二つだけで、薄明かりしか見えません。ベルはもっと明るくしようとしました。ところが、開ければ光が入るだろうと思ったその窓の向こうには、閉ざされた空間があるだけです。そこは広々していますが薄暗く、見えるのは遠くから射してくる微光(びこう)だけで、それも非常に厚ぼったいベールを通ってベルのところに届いているようでした。何をする場所なのかしらと考えていると、突然ぴかっと光が射して目が眩(くら)みました。幕が上がり、現われたのは、見事に照明された劇場でした。階段席や桟敷(さじき)席には、姿も容貌(ようぼう)もこの上なく麗(うるわ)しい男女が座っているのが見えます。

そのとき静かなシンフォニーが聞こえてきました。それが終わると、サルやオウムではない俳優たちが、非常に美しい悲劇を生き生きと演じ、その次の短い芝居も、ジャンルは違いますが、最初の芝居に劣らず見事でした。ベルは観劇が好きでした。都会を離れて唯一(ゆいいつ)懐かしく思う娯楽(ごらく)はそれだったのです。隣の桟敷席の絨毯(じゅうたん)がどんな生地(きじ)でできているのだろうと見ようとしたベルは、席の境にあったガラスにさえぎられてしまいました。それでわかったのですが、現実だと思っていたものはトリックでしかなく、クリスタルを使っていろんな事物を反射し、世界一美しい街の劇場の上から彼女のほうへ送ってくる仕組みになっていたのです。非常に遠いところから〔映像や音を〕反射させるという、光学技術の傑作(けっさく)でした。

芝居が終わったあとも、ベルはしばらく席に着いたまま、社交界の人びとが出て行くのを眺めていました。その場所がすっかり暗くなったので、ベルの思いは自(おの)ずと他の場所へ向かいました。劇場を見つけたことが嬉しく、これからは頻繁(ひんぱん)に利用しようと心に決めながら、庭へ下りて行きました。奇跡にだんだん慣れてきたベルは、それが起こるのはもっぱら自分のため、自分を楽しませるためだと思うと嬉しくなりました。

夕食後、ベットはいつものようにやって来て、一日何をしていたのかと尋ねました。ベルはさまざまな娯楽のことを事細かに報告して、劇場へ行ったことも話しました。「あなたはそれが好きなのか」と鈍重な獣は言いました。「何でも好きなことを願いなさい、それが手に入るだろう。あなたは本当にきれいだね」ベルは礼を尽くそうとするベットのその無骨な仕方に心のなかで苦笑しました。しかし笑えないのはいつもの質問です。例の「あなたと一緒に寝てもいいですか」でベルの気分は暗転しました。「いいえ」と断るだけで事は済んでしまうのですが、この会見でベットが示した従順さにもベルは安心できませんでした。ベルはそのことがひどく心配になりました。「この先どうなるのかしら」と心のなかで自問しました。会うたびに、私が彼と一緒に寝たいかと尋ねるのは、ベットがいまも私を愛しているからなのね。いろいろと親切にしてくれるのがその証拠だわ。ベットは自分の要求をしつこく押しつけないし、拒絶されてもちっとも恨めしそうにしないけれど、でもいつか堪忍袋の緒が切れて、そのせいで私が死ぬことになるかもしれない。そうならないなんて、誰が保証できるかしら。

そんな物思いにふけるうちにぼんやりしてしまい、寝床に入ったときには日が昇りかけていました。姿を現わすためにひたすらこの瞬間を待っていた謎の青年は、ベルの遅刻を優しい言葉で責めました。ベルが悲しそうに考え込んでいるのを見て、この場所の何が気に入らないのかと尋ねました。あの怪物のほかに、気に入らないものなどありません、毎晩会っているのですからいずれ慣れるでしょうが、ベットは自分を愛していて、そのせいで何かひどいことをされるのではと心配なのです、とベルは言いました。

「ベットが私に間抜けなお世辞を言うのは、私に結婚してほしいからだと思います。あなたは」、とベルは謎の青年に尋ねました。「ベットの願いどおりにしたほうがいいと思いますか。ああ、たとえベットが醜いのと同じくらい魅力的だとしても、あなたのせいで私の心の入り口はベットにも他の誰にも閉ざされてしまったのです。恥ずかしがらずに白状しますわ、私が愛せるのはあなただけです」

すてきな告白に王子はうっとりしましたが、ただ次のように答えました。

「おまえを愛している者を愛しなさい、うわべに騙されてはいけないよ、そして私を牢獄から出しておくれ」

何の説明もなしに繰り返されるこの話を聞いて、ベルはたまらなく辛くなりました。

「あなたは私にどうしてほしいのですか。どんな犠牲を払ってもあなたを自由にしてさしあげたいのです。でも、あなたがその方法を教えてくださらないかぎり、気持は空回りするだけです」

謎の青年は何か答えるのですが、あまりに漠然としていて、彼女にはまるで理解できません。目の前を無数の奇々怪々なものたちが通り過ぎてゆきます。怪物が宝石で輝く玉座に座って自分を呼び、隣にお座りなさいと誘うのが見えます。一瞬後には、謎の青年があわててベットを玉座から下ろし、自らその席に着きます。ベットがふたたび優勢になり、今度は謎の青年が姿を消します。話しかける声は黒いベールの向こうから聞こえるのですが、それが声を変質させ、不気味にしているのでした。

眠っているあいだはずっとこんなふうに過ぎました。安眠を妨害されているのに、ベルはもう眠りが終わってしまうのかといつも思うのでした。目覚めれば彼女の思い人がいなくなってしまうからです。身支度をすませたあとは、いろんな手仕事や本や動物たちが芝居までの時間を潰してくれました。もうそこへ行く時間です。けれども、彼女が行ったのは同じ劇場ではなくオペラ座でした。席に着くと同時に演目が始まりました。出し物は大変見事で、観客も劣らず見事です。鏡は桟敷席にいる人びとの服装の細部まではっきり映し出します。ベルは人間の姿を見て嬉しくなりました。なかには知り合いの姿もありました。その人たちに話しかけたりこちらの声を届けたりできたらさぞ愉快だったことでしょう。

　昼間は前の日以上に楽しく過ごしましたが、それ以外の時間は宮殿に来てからの毎日と同じでした。夕刻にはベットの訪問があり、その後は普段どおり部屋に戻ります。夜もいつものように、楽しい夢に満ちていました。目覚めると、同じ数の召使いがベルに仕えました。昼食後の過ごし方はさまざまでした。

　前日は、二つ目の窓を開けるとオペラ劇場でした。いろんな娯楽を試したくて三つ目の窓を開けると、サン＝ジェルマン定期市〔十二世紀から十八世紀にかけて、現在のパリ六区サン＝ジェルマン・デ・プレ教会（かつては修道院）の周囲で毎年イースターの時期に約一か月にわたり開かれた定期市。大道芸や縁日芝居で賑わった。〕で遊べるようになっていました。当時この定期市は今よりずっと華やかだったのです。まだ社交界の人びとが繰り出す時刻ではないので、ベルは時間をかけて何でも見たり吟味したりできました。この上なく珍奇な品々や自然の驚異的な産物、美術品も見えます。どんなに小さく些細なものもベルの目にとまるのでした。とりあえず人形劇を見ましたが、十分楽しめました。オペラ・コミックはじつにすばらしく、ベルは大満足でした。

外に出ると、立派な身なりをした人びとが商店街を歩き回るのが見えました。ベルはそのなかにプロの賭博師たちを見つけました。連中は仕事場に通うようにこの場所にやってくるのです。なかには勝負相手の手並みにやられて損をし、入ってきたときの陽気さを失って出て行く者も見えます。運任せで金を賭けたりせず、利殖のために博打を打つ慎重な賭博師らも、その早業をベルに隠し通すことはできません。負けている側にいかさまを教えてあげたいのですが、千里以上も離れているため、それができません。ベルにはすべてがはっきり聞こえたり見えたりするのに、相手に自分の声を届けたり、自分の姿を見せたりはできないのです。彼女が見ているものと聞いている音を送り届けている反射鏡は、逆に送り返せるほど精巧ではないからです。すべては大気や風を越え、テレパシーのように彼女のところまで届くのでした。ベルはそのことをよく考えたので、無駄な試みはしないで済みました。

もう部屋に下がる時間だと思う前に午前零時を過ぎていました。空腹感でもあれば気づいたのでしょうが、ベルのいる桟敷席にはいろんなリキュールと、間食に必要なものが何でも詰まった籠がいくつもあったのです。夕食は軽く短時間ですませ、早く寝ようと急ぎました。ベルがうずうずしているのに気づいたベットは、夜の挨拶だけで訪問を切り上げました。ベルがたっぷり眠れるように、そして謎の青年が自由に出てこられるようにするためです。翌日以降も同じような毎日でした。彼女にとって窓は、次から次へと新たな娯楽を提供する無尽蔵の宝庫でした。さらに三つある窓のうち、一つはイタリア座の歓楽を、もう一つはヨーロッパ中から超一流の美貌の男女が集うチュイリュリー宮の眺めを見せてくれました。

最後の窓もそれに劣らずすてきなもので、それを覗(のぞ)けば世界中の出来事を確実に知ることができました。その上映は面白く、内容もじつに多種多様です。ときに名高い外交使節の来訪、著名人の結婚、あるいは興味深い世の中の変化を見ることができました。イエニチェリの最近の反乱〔イエニチェリはオスマン帝国のキリスト教徒奴隷を起源とする歩兵隊。十六世紀にトルコ人が徴集されはじめたのを機に力をつけ、無規律になり、たびたび皇帝に反旗を翻した。〕が起こったときもベルはその窓にいて、それを最後まで見届けることができました。

いつでもそこへ行けば何か楽しいことがあるとわかったので、最初の頃にベットを待ちながら感じた不安はすっかり消えていました。ベットの醜い姿には目が慣れてきましたし、間抜けな質問も平気になりました。ですから、お喋りがもっと長続きしたら、ベットに会うのはもっと楽しみになったことでしょう。ですが、いつも同じ内容で言い方も粗野で、「はい」か「いいえ」の答えしか引き出せない四つか五つの文句は好きになれませんでした。

何もかもが懸命(けんめい)にベルの思いを叶(かな)えようとしているように思われ、誰にも見られないと知りながらも、ベルは身だしなみに気を遣(つか)うようになりました。もっともこうして自分を喜ばせるのは一つの義務でもありました。世界中のありとあらゆる衣装で身を包むのは嬉しいことでしたし、衣装部屋には彼女が欲しいものが何でもあり、毎日何かしら新しいものが見つかるのですから、簡単にそうすることができたのです。さまざまに着飾ったベルに、鏡は、世界のどの国民からもすてきだと思われると教えてくれます。動物たちも、サルは身振り手真似で、オウムは言葉で、そして鳥たちは歌で、各自それぞれの才能でもって、たえずそう繰り返すのでした。

そんなにも甘美な生活はベルの願望を充たすはずでした。けれども、人は何にでも飽きてしまうもの、どんなに大きな幸福も、長く続いたり、いつも同じことが繰り返されたり、不安も希望もなかったりすれば、味気なくなるものです。ベルはそのことを思い知りました。家族の思い出が、頂点にあった彼女の幸福を陰らせ始めたのです。幸せでいることを、家族に知ってもらう喜びがないかぎり、彼女の幸せは不完全なのでした。

　ベットに毎日会っているせいか、それともその心根の優しさに気づいたせいか、ベルはベットになじんできていたので、あることを聞いてもいいだろうと思いました。あらかじめ、けっして怒らないと約束してもらってから、思いきって切り出したのは、この城にいるのは私たちふたりだけなのかという質問でした。

「ええ、たしかにそうですよ」と怪物はやや声を荒げて言いました。「ここにいるいきものは、あなたと私、そしてサルやその他の動物たちだけです」

　ベットはそれだけ言うと、いつもより早く出て行ってしまいました。

　ベルがこう尋ねたのは、ひとえに彼女の恋人がこの城にいるのかどうか知るためでした。彼に会って話ができたらどんなにいいでしょう、それは、わが身の自由や、身の回りのあらゆる楽しみを投げ出しても手に入れたい幸福でした。あのすてきな青年は彼女の想像のなかにしか存在しないとなると、ベルにはこの宮殿が、いつかは自分の墓となる牢獄のように思われてくるのでした。

夜になるとあらためてそんな悲しい考えに襲われました。ベルは大きな水路のほとりにいるような気がしました。嘆き悲しんでいると、謎の青年がベルの悲しそうな様子にたいそう心を痛め、その手でベルの手を優しく包み込むようにして言いました。

「何があなたを苦しめているのですか、愛しいベルよ、何があなたを不安にさせるのですか。私のあなたへの愛の名において、どうか教えてください。あなたの願いは何でも叶えられるでしょう。ここではあなたが唯一の君主、いっさいはあなたの命令に従います。どうしてあなたは悲しみに打ちひしがれているのです。あなたを悲しませているのはベットの姿ですか？　ならばそいつを追い払ってやりましょう」

こう言うと、謎の青年が短剣を取り出して今にも怪物の喉をかき切ろうとするように見えました。怪物はといえば身を守ろうと抵抗するどころか、されるがままに、すなおに攻撃に身を委ねます。夢うつつのベルは、青年の意図に気づくやすぐに起き上がり、ベットを助けに走ろうとするのですが、自分が止めに入る前に謎の青年がそれを実行してしまうのではと心配でした。なんとかしてベットを守ろうと、彼女は声をふりしぼって叫びました。

「やめて、人でなし！　私の恩人を傷つけないで！　さもなくば私を殺してちょうだい」

ベルの叫びをよそにベットを執拗に殴っていた青年は、怒りを露わに言いました。

「つまりもうあなたは私を愛していないのですね。私の幸福を邪魔するこの怪物の肩を持つということとは」

「恩知らずな方」と彼女はなおも彼を引き留めながら言いました。「私はあなたを自分の命より愛していますし、愛するのをやめるくらいなら、いっそ死んでしまうでしょう。私にとってはあなたがすべてなのですから、この世のどんな幸いと比較するのも間違いですし、私はそんなことはしません。この世の幸いなどわけもなく手放して、どんな未開の荒野(こうや)へでもあなたについて行きましょう。けれども、そんな真心からの愛情も、私の感謝の気持ちだけはどうすることもできません。私にとっては何もかもがベットのおかげなのです。ベットは私の願望を察してなにくれとなく世話をしてくれます。あなたと知り合えた幸いもベットのおかげです。あなたが少しでもベットを侮辱(ぶじょく)するのを許すくらいなら、私は死を選びますわ」

こうした葛藤(かっとう)のあと、見えていたものたちが消え、幾晩(いくばん)か前に会った貴婦人が見えたかと思うと、その人はこう言いました。

「がんばるのですよ、ベル。気高い女性の鑑(かがみ)となりなさい。おまえが美しいのと同じくらい賢いことを示すのです。義務のために好みを犠牲にするのをためらってはいけません。おまえが歩んでいるのは幸福への真の道です。偽りのうわべに騙されないようにすれば、おまえは幸せになれるでしょう」

目が覚めてこの夢を注意深く振り返ってみると、それには秘密が隠されているように思われてきました。けれどもそれはまだ解けない謎でしかありません。日中は父親に会いたい気持ちのほうが、睡眠中に怪物や謎の青年が感じさせる不安よりも強く感じられます。そんなふうに、夜は安まらず、昼も満たされないベルは、この上ない豊かさのなかにありながら、観劇ぐらいしか憂さ晴らしの方法がありませんでした。イタリア座に行きましたが、一幕目ですぐに席を立ち、今度はオペラ座へ向かいますが、やはりすぐに出てきてしまいます。どこにいても気がふさいで、六つある窓をそれぞれ六回以上も開けてみるのですが、ひとときも心が安まりません。夜も昼と同じく、心はたえずざわめいていました。悲しみがその美貌も健康も損なうようになってきました。

心身を打ちひしぐそんな苦しみを、ベルはつとめてベットに隠していました。怪物は彼女が目に涙を浮かべているところに何度か遭遇しましたが、彼女は軽い頭痛がするだけだと言うので、それ以上詮索しませんでした。けれどもある晩、嗚咽を聞かれてどうしようもなくなったベルは、悲しみの理由を知りたがるベットに、家族と再会したいのだと言ってしまいました。

この申し出を聞くと、ベットは自分を支える力を失って倒れ、溜息をつきながら、というよりはむしろ死ぬほど恐ろしい叫び声をあげながら答えました。

「なんですって、ベルよ、あなたは不幸なベットを見捨てるつもりですか。信じられない、あなたがそんなに恩知らずだったなんて。幸せになるために何が足りないんですか。こんなにもあなたを大切にしているのだから、嫌われるはずはないと思っていたのに。あなたはひどい人だ、この私より父親の家や、姉さんたちの焼きもちのほうがいいんですか。ここで幸せに過ごすより、羊飼いをしにいきたいんですか。離れていこうとするのは、家族を愛しているからじゃない、私が嫌いだからだ」

「ちがいます、ベットさん」とベルはおどおどと、なだめるように言いました。「あなたを嫌ってなんかいません。それにあなたに再会する希望を失うなんて私だっていやです。ですが、わたしは家族を抱きしめたい気持ちをどうしてもがまんできないのです。二か月だけ留守にすることを許してください。そうすれば、喜んで帰ってきて残りの人生をあなたのそばで過ごすことを、そしてそれ以外のお願いはけっしてしないことを約束しますから」

この間、ベットは地面に倒れてだらりと頭をのけぞらせていたので、悲痛なため息を漏(も)らさなかったら生きているのかどうかもわからないほどでした。ベットはベルにこう返事をしました。

「私はあなたに何一つ拒(こば)めない。だがそんなことをしたらたぶん私は死んでしまうだろう。しかたがない。あなたの寝室から一番近い小部屋に、四つの行李がある。何でも好きなものをそれに詰めて行きなさい。あなたのためでも、あなたの家族のためでもいいから。もしも約束を破ったら、あなたは後悔して、かわいそうなベットの死を無念に思うだろう。だがその時はもう手遅れだ。二か月後に帰ってくれば、私は生きているだろう。帰ってくるのに旅支度は要(い)らない。夜、部屋に戻る前に家族に暇乞(いとまご)いをし、床に就いたら、指輪の宝石を指の内側に回して、はっきり言いなさい。私の宮殿へ帰ってベットに会いたい、と。おやすみ、何も心配することはない。安心して眠りなさい。早朝にも父親に会えるだろう。さようなら、ベル」

ひとりになるとベルはいろんな美しいものやありとあらゆる財宝を急いで箱に詰めました。詰めるのに疲れた頃にようやく行李が一杯になりました。準備がすべて終わると、ベルは床につきました。もうすぐ家族に会えると思うとわくわくして、眠っているはずの時間も目が冴えたままです。ようやく眠くなってきたときには、そろそろ起きる時刻になっていました。眠りに落ちると、すてきな謎の青年が見えましたが、別人のようでした。芝生に横たわって、激しい苦悩にさいなまれているようでした。そんな状態に胸を痛めたベルは、自分なら彼を深い悲しみから救い出せると思い、悲しみのわけを尋ねました。ところが恋人は、ひどく気のふさいだ様子でこう言いました。

「残酷な人よ、どうしてそんな質問ができるのです？　あなたは行ってしまうのだから、わかりきったことじゃありませんか、私は死刑を宣告されたも同然だってことです」

「どうかそんなに悲しまないでください、すてきなあなた」と彼女は言いました。「すぐ帰ってきますから。私が残酷な運命に従ったと思っている家族に真実を伝えたいだけです。そしたらすぐにこの宮殿に戻ってきますし、もうあなたのそばを離れませんわ。こんなに大好きな場所をどうして捨てられましょう。それに私は帰ってくることをベットに誓ったのですから、約束を破ることなどできません。それより、この旅行のせいでなぜ離ればなれにならなければいけないのですか。あなたが道案内をしてくださいな。旅行は明日に延期して、ベットの許可をもらいますから。ベットはきっと許してくれるはずですわ。そうしてください。そうすればずっと一緒にいられますし、一緒に帰ってこられます。家族はあなたに会えばとても喜ぶでしょうし、あなたのことを丁重にもてなすはずですわ」

「あなたの希望には沿えません」と恋人は言いました。「あなたが二度とここへ戻らないと決心できるなら別ですが。それが私をここから外へ出すための唯一の方法です。ご自分が何をしようとしているのか、考えてごらんなさい。この場所の住人の力は、あなたの帰還を強制できるほど強くはありません。「あなたが帰ってこなくても」ベットが悲しむ以外に何も起こりはしないのです」

「ありえませんわ！」とベルは声を荒げて言いました。「ベットは私が約束を違えたら死んでしまうと言ったのですよ」

「だからなんだというのです」と王子は答えました。「あなたの満足のために怪物の命が一つ犠牲になったところで、不都合がありますか。あんな怪物が世の中にとって何の役に立つのです。生きとし生けるものから憎悪されるために生まれてきたような存在が死んだとして、損をする人がいるのですか」

「いいですか」とベルは苛立ちながら言いました。「彼の命を守るためなら私は自分の命さえ差し出すつもりです。怪物のようなのは姿だけで、気立てはとても優しいのに、醜いから彼を罰するなんて間違っています。それは彼のせいではないのですから。あんなによくしてくれたベットに、恩を仇で返すような腹黒いまねはできません」

謎の青年は彼女の言葉をさえぎり、もしも自分が怪物に殺されそうになったら、そしてもしもどちらかがどちらかを殺さねばならないとしたら、彼女はどちらを助けるかと尋ねました。

「私が愛しているのはあなただけです」とベルは答えました。「けれども、私の愛情がどんなに大きくとも、ベットに対する感謝の念を弱めることはできません。かりにそんな悲痛な状況に立たされたとしたら、この決闘の結果がもたらす苦しみを味わう前に、私は自分の命を絶つでしょう。それにしても、いくら絵空事とはいえ、そんなに悲痛な推測をして何になるのですか。そんなことを考えていると、恐ろしさで寒気がします。別のことを話しましょうよ」

　そこでベルは、愛情深い恋人が相手の男性に言えるいちばん嬉しいことをいろいろと言いました。自尊心や礼儀に邪魔されることもなく、睡眠のおかげで自然に自由にふるまうことができるので、理性が十分働いていたら押しとどめたはずの気持ちを彼に打ち明けるのでした。そのようにしてベルは長いこと眠りました。目覚めると、ベットが約束を破ったのではないかと心配になりました。そんな不安を感じていたとき、聞き覚えのある人の声が聞こえてきました。大急ぎでカーテンを開けると、驚いたことに、彼女は知らない寝室にいて、家具はベットの宮殿にあるような豪華なものではありませんでした。

　ベルはびっくりして飛び起きるとドアを開けに行きました。この部屋にはまったく見覚えがありません。何より驚嘆したのは、前の晩に用意しておいた四つの行李がそこにあったことです。彼女の体と宝物が運ばれたことは、ベットの力と優しさを証していました。それにしてもここはいったいどこなのでしょう。不思議に思っていると、とうとう父親の声が聞こえてきたので、ベルは飛んで行ってその首に抱きつきました。ベルが現われたので、兄たちも姉たちも仰天して、あの世から来た人を見るように眺めています。

皆とてつもない喜びを体いっぱいに表わして彼女を抱擁しました。しかし、姉たちはベルを見て内心苦々しく思っていました。彼女らの嫉妬心は消えてはいなかったのです。

再会を思い切り喜び合った後、老人は人払いをしてベルとふたりきりになろうとしました。あの驚くべき旅の顚末（てんまつ）をベルから詳しく聞き、彼女のおかげで手に入った財産がどうなったかを話すためでした。父親によれば、ベルをベットの宮殿に残してきたあの日、何の疲れもないまま、その日の晩には帰宅していました。道中は荷物のことを子供たちに隠す方法を一心に考え、自分しか鍵を持っていない自室の隣の小部屋に運べたらいいのにと思いましたが、それは無理だろうと思っていました。ところが［到着して］馬車から降りると、行李を積んでいた馬がいなくなってしまい、財宝を隠さなければという心配も一度になくなってしまったというのです。

「おまえには白状するがね」と老人は娘に言いました。「財宝は奪われてしまったと思ったが、私は悲しまなかった。そんなに残念がるほど長く所有していたわけじゃないからね。だがこの事件は、おまえの行く末に希望が持てないしるしのように思われた。ベットは嘘つきで、おまえに対しても同じようなやり方をするにちがいない、おまえへの恩恵も同じように消えてしまうのではないかとね。そう考えると不安だった。そんな気持ちを隠すために、私は疲れたふりをして部屋で休んだが、それは、はばかりなく悲しみに身を委ねるためだったのだ。おまえは絶体絶命だと思ったよ。だがそんな悲嘆は長くは続かなかった。なくなったと思っていた荷物が見えたとたん、おまえは幸せになるだろうと予感したよ。

なにしろ荷物は、小部屋のなかの、ちょうど置きたいと思っていたその場所にあったのだからね。おまえと一緒に過ごした広間のテーブルに置き忘れてきた鍵も、ちゃんと鍵穴に入っていた。いつも気遣ってくれるベットの優しさを改めて示すこの出来事に、私はとても嬉しくなった。そのときから、私はおまえが危険を冒してしてくれたことが、よい結果を生むことを疑わなくなった。気前のいい怪物の誠実さについて間違った疑いを抱いた自分を反省し、彼に対して心のなかで苦し紛れに悪態をついたことを何度も謝ったよ。

子供たちには財産がどれくらいあるかは言わずに、おまえが贈ってくれたものをやり、宝石は安物だと思わせておいたよ。そのあとは、それを売って、生活を快適にするために使ったことにしておいた。この家を買い、奴隷も雇ったから、以前は必要に迫られてしていた労働をもうしなくて済む。子供たちは余裕のある暮らしを楽しんでいる。私が望んでいたのはそれだけだった。かつては見せびらかしたりひけらかしたりすることで、人びとの羨望を集めてしまった。もし百万長者のようにふるまったら、また同じことになってしまうだろう。ベルよ、姉さんたちの婿候補が何人も集まってきているよ。私はじきにあの娘たちを結婚させるつもりだ。おまえが無事に戻ったのでそんな気になったよ。おまえのおかげで手に入れた財産を、おまえの好きなように姉さんたちに分けて、婿さがしの苦労から解放されたら、兄さんたちと一緒に暮らそうじゃないか。兄さんたちは贈り物をもらっても、おまえを失った悲しみは癒やされはしなかったよ。おまえが望むなら、私らふたりだけで暮らしてもいい。

父親の優しさや兄たちの愛情のしるしに胸を打たれたベルは、いろいろな提案に心から礼を言いましたが、そこで暮らすために帰宅したのではないことを打ち明けなければと思いました。父親は、娘を老後の支えにできないのが残念でしたが、免れえないとわかっている義務を娘に忘れさせようとはしませんでした。

今度はベルのほうから父親に、自分がいなくなってからの出来事を話して聞かせました。それまで送ってきた幸福な生活の話をしたのです。老人は娘に起こった出来事のうっとりするような詳細に大喜びで、ベットへの感謝の思いを何度も口にするのでした。父親がさらに喜んだのは、ベルが行李を開けて、莫大な財宝を見せたときでした。こうして新たに受け取ったベットの厚意は、息子たちと裕福に暮らすには十分でしたから、前に子供たちのために持ち帰った財宝は自由に使えることがわかりました。醜悪な体に宿るには美しすぎる心を怪物のなかに見出した父親は、その醜さにもかかわらず、娘に彼との結婚を勧めるべきだと思いました。娘にその決心をさせるために、きわめて強力な理屈を持ち出しさえしました。

「おまえは自分の目を信用してはいけないよ」と父親は言いました。「感謝の気持ちに従いなさいといつも助言されているのだろう。感謝の気持ちが抱かせる感情に従えば、おまえはきっと幸福になると言われているのだ。たしかにこうしたお告げをおまえが聞くのは夢のなかだけのことだ。だがそれらの夢は、偶然のせいにするには筋が通りすぎているし、何度も繰り返されている。しかもおまえは大きな褒美を約束されているのだから、嫌悪感を乗り越えるにはそれで十分じゃないか。だからベットが、一緒に寝てもいいかと尋ねてきたら、断らないほうがいいと思うよ。おまえはベットに真心から愛されていると認めている。おまえの結婚が永遠のものとなるよう適切な措置を講じなさい。容貌のよさしか取り柄のない夫を持つより、愛すべき性格の夫を持ったほうがいい。ベットより馬鹿な金持ちの愚か者と結婚させられる娘がいかに多いことか。ベットが獣なのは姿のせいで、気持ちや行ないのせいではないだろうに」

　そういう理屈はみなそのとおりだとベルは認めました。けれども、姿はおぞましく、精神はその体のように鈍重な怪物を夫にする決心など、とてもできそうにありません。

「いったいどうしたら」と彼女は父親に答えて言いました。「一緒にお喋りすることもできず、楽しい会話で姿の欠点を埋め合わせることもできない相手を夫にしようなどと思えるでしょう。たまに離れて暮らす安らぎもなく、気晴らしはと言えば、私の食欲と健康について五つか六つの質問を受けるのと、そんな奇妙な会話が「おやすみなさい、ベル」という文句で締めくくられるのを見るのがせいぜいです。そんな文句はオウムさんたちだってもう暗記して、日に百ぺんも繰り返していますわ。こんな結婚をするのは、私にはとうてい無理です。恐ろしさや悲しさや嫌気や退屈で毎日死ぬ思いをするよりは、いっそひと息に死んだほうがましです。ベットに好感を持つ材料は一つもありません。ただ訪問を短く切り上げたり、二十四時間おきにしか私の前に現われないようにしたりする配慮を除いては。愛情を吹き込むのにそれで十分だと言えるでしょうか」

父親はまったくその通りだと思いました。とはいえ、あれだけ気遣いができるところを見ると、ベットがそれほど愚かだとも思えません。城全体に行き渡る秩序、豊かさ、趣味のよさは、愚か者のなせる業ではないというのです。要するに父親はベットが娘の厚意にふさわしい相手だと思いました。また、ベルにしても、何もなければこの怪物に心が向いていたでしょうが、夜の恋人が邪魔をしていました。ふたりの求愛者を比べれば、ベットに利があるはずはありません。老人もまた、ふたりの間に大きな違いを見るべきなのはわかっていました。それでも、あらゆる方法を使って嫌悪感を乗り越えさせようとしました。あの人は見た目に惑わされてはいけないと警告していたのだろう、あの青年はおまえを不幸にするだけだと話のなかで教えようとしたのではないか、と夢の貴婦人の助言を思い起こさせるのでした。

第二部

恋心を克服するのに比べたら、それについて理屈を言うのは簡単なことです。父親は口を酸っぱくして意見しましたが、ベルにはそれに従うだけの力がありません。結局、説得できないまま、父親は娘と別れました。夜が更けて疲れていましたし、娘のほうでも、父親との再会を喜んでいたとはいえ、休ませてもらえるのはむしろありがたいことでした。ひとりになったベルは嬉しくてたまりません。瞼が重たくなってきて、もうすぐ眠りのなかであの愛しい恋人に会えるのだと思いました。早くあの甘美な喜びを味わいたくてうずうずします。愛おしさに心がはやるのは、ベルの感じやすい心があのすてきなお付き合いに喜びを見出している証拠でした。想像力がかきたてられて愛しい青年と楽しく話をするいつもの場所が見えてきましたが、思いどおりに彼に会えるところまではいきませんでした。目覚めては眠り、また目覚めては眠りを何度繰り返しても、寝床の周囲を飛び回る愛の神々はやってきません。眠りの腕に抱かれて幸福感と無邪気な楽しみにあふれる夜を過ごすつもりだったのに、結局ベルが過ごした夜は恐ろしく長くて不安に満ちていました。ベットの宮殿でそんな夜を過ごしたことは一度もなかったのです。折よく見えてきた朝日のおかげで耐えがたい不安から解放されましたが、日の出を見ながら嬉しいようなもどかしいような気持になるのでした。

ベットのおかげで裕福になった父親は、娘たちの嫁ぎ先を見つけるために田舎の家を引き払っていました。

大きな街に住むようになり、新たな財産のおかげで新しい友人、というよりはむしろ新しい知人ができたところでした。末娘の帰省の噂は知り合いのあいだにすぐに広まりました。誰もが我先にと彼女に会いたがり、誰もがその姿と才気の両方に惚れ込みました。

人気のない宮殿で過ごす穏やかな日々、心地よい眠りがいつも与えてくれる罪のない喜び、ベルの心が退屈しないよう、次々と繰り広げられるたくさんの娯楽、要するに怪物のそうしたあらゆる気遣いが、ベルを父親と別れたとき以上に美しく魅力的にしていました。

ベルに会った人びとはみな彼女に感嘆しました。姉たちの求婚者らは、ちょっと口実をつけて浮気をごまかそうともせずにベルに夢中になり、その魅力に惹きつけられ、もとの恋人を放り出すのを恥とも思いません。あからさまに彼女に取り入る大勢の賛美者たちに心を動かすどころか、ベルはあらゆる手を尽くして嫌われようとし、連中を最初の相手に返そうとしました。そんな配慮にもかかわらず、ベルは姉たちの嫉妬を避けられませんでした。

浮気な求婚者たちは、新たな恋の炎を隠すどころか、ベルに言い寄ろうとして毎日何らかの催しを考え出しました。ベルを称えて競技会を開催しようとし、それを盛り上げるような褒美を出してくれませんかとベルに嘆願したのです。ベルは姉たちが不愉快に感じているのを知っていましたが、あんなに熱心で慇懃な願いをはねつけるのも気が引けるので、皆を満足させる方法を考え出しました。姉と自分とが代わる代わる勝者に褒美を与えましょうと宣言したのです。みずからが褒美として約束したのは一輪の花や何かだけで、アクセサリー、冠、ダイヤモンド、豪華な武具、見事なブレスレットなどを与える名誉は姉たちに譲りました。褒美の品を気前よく姉たちに提供して、それを自分の名誉にしようとはしませんでした。怪物からふんだんに贈られた財宝のおかげで、彼女には何一つ足りないものがありません。自分が持ってきたもののなかでも最も珍しく最も洗練されたものを姉たちに分けてやりました。自分自身は取るに足りないものしかあげず、姉たちにはたくさん与える楽しみを味わわせてあげることで、青年たちを恋愛だけでなく感謝の気持ちによっても引き留められるだろうと思ったのです。しかし、求婚者たちが求めていたのはベルの心でした。ほかの者たちが与えるどんな宝物よりベルが与えるもののほうが価値があったのです。

家族に囲まれて味わう楽しみは、ベットのところで味わうそれに比べたら僅かですが、ベルが退屈しない程度の気晴らしにはなりました。心から愛する父親に会えるのは嬉しく、いろんな方法で熱心に親愛の情を示してくれる兄たちと過ごすのは楽しく、愛してはくれなくても自分からは愛している姉たちと語り合うのは喜ばしいことでした。にもかかわらず、あの心地よい夢を懐かしく思い出さずにはいられません。(彼女にとってはじつに悲しいことに!)父親の家では、謎の青年が睡眠中に現われて世にもすてきな話をしてくれることはもうなかったのです。姉の求婚者たちが示す熱意も、夢の世界の楽しみの代わりにはなりませんでした。たとえベルがそんな艶福に気をよくするような性格だったとしても、ベットやすてきな謎の青年の厚意が彼らのそれとは別物であることはわかっていたのです。

連中が足繁く通ってきてもベルはまるで無関心でした。冷たくしているのに、競って最高の愛のしるしを示そうとする彼らを見て、ベルは時間の無駄だとわからせてあげなければと思いました。彼女が最初に目を覚まさせようとした相手は、一番上の姉の求婚者でした。ベルは彼に向かって、自分が帰ってきたのは姉たち、特に一番上の姉の結婚式に出席するためなので、挙式を早めるよう父親に言うつもりだと伝えました。しかしわかったのは、その男性が姉に惚れていないということでした。彼が恋い焦がれる相手はベルだけだったのです。冷たくしても、軽蔑しても、二か月の期限の前に発ってしまうと脅しても彼を遠ざけることはできませんでした。計画がうまくゆかずがっかりしたベルは、他の求婚者たちにも同じことを言ってみましたが、残念ながら彼らも同じ考えでした。さらに悲しいことに、ベルをライバル視していた姉たちが反感を抱き、その気持ちを露わにしてきたのです。自分の魅力の効果が大きすぎるのを嘆いていたベルはさらに困ったことを知りました。あの求愛者たちが互いを邪魔に思い、自分らのなかから誰も選ばれないのはお互いのせいだと思って、まったくとんでもないことですが、決闘をしようと言い出したのです。そういう厄介な問題のせいで、ベルは考えていたよりも早く出発することにしました。

父親と兄たちは手を尽くして彼女を引き留めようとしました。けれどもけベルは約束に縛られていましたし、決心も固かったので、父の涙も兄の懇願も無駄でした。せいぜい彼らにできたのは、出発をできるだけ遅らせることだけでした。ふた月が過ぎていました。彼女は毎朝家族に別れを告げようと決心するのですが、夜には勇気がなくなってしまいます。心からの愛情と感謝の気持ちとに引き裂かれた彼女は、一方に傾けばどうしても他方に不等な仕打ちをすることになってしまうのでした。そんな葛藤のなかにあった彼女を決心させたのは、たった一回の夢でした。眠りに就いたベルは、ベットの宮殿にいるような気がしました。ひと気のない小径にさしかかると、その先は鬱蒼と木が生い茂っています。茂みの陰には洞穴の入り口があり、そこから恐ろしいうめき声が聞こえてきます。ベットの声だとわかったベルは、急いで助けに駆けつけました。ベルの夢に現われたその怪物は、倒れて死にかけているように見えます。こんなひどい状態になったのはあなたのせいだ、自分の愛情をひどく恩知らずな仕打ちで返したあなたのせいだとベルを責め立てています。すると今度は、前に眠りのなかで会った貴婦人が現われ、厳しい態度でこう言います。「あと少しでも約束を守るのが遅れたら一巻の終わりですよ、あなたは二か月経ったら帰ってくるとベットに誓いましたが、もう期限は過ぎています。あと一日でも遅れたら、ベットは死んでしまいます。父親の家ではあなたのせいで問題が起き、姉たちはあなたを憎んでいますが、ベットの宮殿では何もかもがこぞってあなたを喜ばせようとしているのですから、なおさら喜んで出発するべきです」

　この夢を見て恐ろしくなり、自分のせいでベットが死んだら大変だと思ったベルは、がばと起き上がると、急いで家族のところへ行き、これ以上出発を遅らせられないと宣言しました。この知らせはさまざまな反応を引き起こしました。父親は何も言わずに涙を流し、兄たちはベルを行かせないと言い張りました。

求婚者たちは絶望して、絶対に家から出て行かないと誓いました。ただ姉たちだけは、妹の出発を悲しむふりをするどころか、ベルの誠実さを称えるばかり、しかも誠実ぶって、私たちだってもしもベルのように約束したなら、いくらベットがあんな姿でも、それだけ当然な義務のことで迷ったりしないし、今頃はもうあの不思議な宮殿に戻っているはずだ、とさえ言ってのけました。姉たちはそんなふうにして心のなかの強烈な嫉妬心を隠そうとしたのです。ベルはそんな姉たちの表面的な気高さにも満足して、あとは、どうしてもお別れしなければならないことを兄たちや求婚者たちにわかってもらうことしか考えませんでした。しかし兄たちは、ベルのことをそれは愛していたのでうんと言うことができず、求婚者たちもベルに惚れ込んでいたので聞く耳を持ちませんでした。兄弟も求婚者らも、ベルがどうやって父親の家に帰ってきたか知らなかったので、最初に彼女をベットの宮殿に連れていった馬が迎えにくるものと思い、皆でそれを阻止することに決めました。

うわべだけ誠実そうにしていた姉たちは、妹の出発のときが近づいて感じていた喜びを隠そうとし、その実行が遅れるのをひどく恐れました。けれども決心を固めていたベルは、自分がどこへ行くべきなのかわかっていました。恩人ベットの命を助けるためには待ったなしの状況でしたから、夜になるとすぐに、家族全員と、ベルの運命に関心を持つ人びとに暇乞いをしました。出発を阻止するために何をしようとも、翌朝、皆が目覚める前に、自分はベットのところへ帰っているのだから、何をしても無駄です、自分は魔法の宮殿に戻りたいのです、ときっぱり言うのでした。

寝台（ベッド）に入るときに、ベルは忘れず指輪（ゆびわ）をくるりと回しました。眠りは長く、彼女が目覚めたのは、柱時計（はしらどけい）が十二時を打ちながらメロディーに乗せて彼女の名を呼んだときでした。このしるしで願いが叶えられたことがわかりました。起きたいそぶりを見せると、ベルのお世話をしたくてうずうずしていた動物たちがベッドの回りに集まってきました。皆がベルの帰りを喜び、長い留守がどんなに寂（さび）しかったかを彼女に伝えるのでした。

その日の長さは、同じ場所で過ごしたどの一日より長く感じられました。残してきた人びとを懐かしんでいたからではなく、早くベットに再会したかったから、許してもらえるなら何でもしたいと思っていたからです。もう一つ、彼女をわくわくさせる期待がありました。眠りのなかで、謎の青年と甘美な会話をすることです。この喜びは、家族と過ごした二か月間ずっと味わえなかった、この宮殿のなかでしか味わえない喜びでした。

ついにベットが、そして謎の青年が、かわるがわる夢に登場しました。ベルは怪物の姿の下にあんなにも美しい心を持つ求婚者に恩返しをしていない自分を責め、夢のなかでしか存在できない架空（かくう）の絵姿（えすがた）に自分の心を捧（ささ）げることを悲しく思いました。自分の心は、愚かな獣（けだもの）の現実の愛より、幻想のほうを選ぶべきなのだろうかと迷いました。夢は美しい謎の青年を見せながら、自分の目を信用してはいけないよとたえず忠告します。ベルはそれが眠ってぼんやりした頭から生まれては目覚めによって失われる空虚（くうきょ）な幻影（げんえい）なのではないかと不安になりました。

このように相変わらず気持ちが定まらず、謎の青年を愛しながら、ベットからも嫌われたくないベルは、ともかくも娯楽で時間を潰そうとコメディー・フランセーズ〔フランスを代表する国立劇場〕へ向かうのですが、それもひどく退屈に感じられました。いきなり窓を閉めると、オペラ座で口直しをと思いましたが、音楽がお粗末でした。イタリア座の技量をもってしても彼女を笑わせることはできません。連中の芝居は味気なく機知もまとまりもなく感じられるのです。憂鬱と嫌悪感につきまとわれ、どこへ行っても気が晴れず、庭に出ても慰められません。ベルに仕える動物たちは彼女を喜ばせようと、飛びはねたり、機知に富んだお喋りをしたり、美しく囀ったりするのですが、何の効果もありません。ベルはベットの訪問が待ち遠しくて、一瞬ごとにその足音が聞こえるような気がします。それなのに、あんなに待ち望んだ時刻になっても、ベットは現われませんでした。怒りにも似た激しい不安に襲われたベルは、ベットの不在をどう考えたらいいのかわかりませんでした。心配と期待のあいだを行きつ戻りつ、頭が混乱し、心は悲しみで一杯になりながら、ベットを見つけるまでは宮殿に戻らない覚悟で庭園へと降りていきました。あちこち探し回りますが、どこにもベットのいた形跡がありません。ベルは大声でベットを呼びますが、返ってくるのはこだまだけです。三時間以上も苦しい捜索を続けたベルは、ついに疲れ果てて、ベンチに座り込みました。ベットは死んでしまったか、あるいはこの場所を去ってしまったかのどちらかだと思いました。ベルはこの宮殿にひとりぼっちで、そこから出る希望もありません。楽しいと感じたこともなかったベットとの会話が今では恋しく思われます。意外だったのは、あの怪物に対してそんなにも自分の心が動くことでした。ベルは彼と結婚しなかった自分を責めました。ベットが死んだのは自分のせいだと考え（長く留守にしたせいで彼が死んだのかもしれないと思っていたのです）、ベルは自分を情け容赦なく責め立てるのでした。

そんな悲しい考えにふけっていたベルは、父親の家で過ごした最後の晩に、ベットが知らない洞穴のなかで死にかけているのを夢で見た、その同じ小径に自分がいることに気づきました。ここに導かれたのはただの偶然ではないと確信したベルは、なんとか通れそうに見える鬱蒼とした茂みに足を踏み入れました。すると見えてきたのは、夢のなかで見たのと同じような洞窟でした。月明かりがぼんやりとしか届かないので、召使いのサルたちはすぐにたくさんの松明を持って現われました。洞穴が照らし出されると、地面に横たわるベットが見えましたが、彼は眠っているように思われました。その姿に怖じ気づくどころか大喜びのベルは、躊躇なく近づくと、その頭に手をあてがって、何度も名前を呼びました。ところがベットの体は冷たくてぴくりとも動きません。ベルはベットが死んでいるのかと思い、悲鳴を上げると、なんとも心にしみる言葉を口にしました。

ベットの死を確信しながら、ベルは彼を生き返らせるための努力を怠りませんでした。彼の胸に手を押し当て、まだ息があるのがわかったとき、どんなに嬉しかったことでしょう。これ以上励ましても時間の無駄です。ベルは洞穴から出ると、池のほうへ走り、両手で水を掬い、彼のところへ行ってその水を浴びせました。けれども一度に掬えるのはほんの少しで、それもベットのもとへ行くまでにこぼれてしまいます。

廷臣のサルたちが助けてくれなかったら、手遅れになっていたことでしょう。サルたちは宮殿へ駆けて行き、大急ぎで戻ってきて、水を汲むための瓶と気付け薬を瞬く間にベルに手渡しました。それを嗅がせたり飲ませたりしますと、めざましい効果が現われました。ベットの体がわずかに動いたかと思うと意識も戻ってきました。ベルは大声で呼びかけ、懸命に励ましたので、ベットは回復していきました。

「あなたのことをどんなに心配したことでしょう」とベルは優しく語りかけました。「あなたをどれだけ愛しているか、自分でも気づかなかったのです。あなたを失うかもしれないという不安が教えてくれました。感謝の気持ちより強い絆で私はあなたに結ばれていたのです。本当に、あなたの命を救えなかったら、自分も死のうとしか考えていなかったのですよ」

そんな愛情のこもった言葉を聞いて心の底から慰められたベットは、まだ張りのない声で言いました。

「こんなに醜い怪物を愛してくれるなんて、あなたはいい人だね、ベル、でもそれでいいのだよ、私はあなたを自分の命以上に愛している。あなたはもう帰ってこないだろうと思っていたよ。そうだったら私は今頃死んでいただろう。あなたが愛してくれるのだから、私は生きたいと思う。行って休みなさい、そして、あなたの優しい心にふさわしい幸福が得られることを確信しなさい」

ベルはそれまでベットがそんなに長く話すのを聞いたことがありませんでした。雄弁とは言えませんが、優しさと誠実さを感じさせる話しぶりにベルは好感を持ちました。叱られるか、少なくとも文句を言われるだろうと覚悟していたのです。ベルはそのときから、ベットの性格について、よりよい評価をするようになりました。それほど愚かだとは思わなくなり、言葉少ない返事も慎重さのせいだと考えるようになりました。ベットへの思いはどんどんよいほうへと変わっていき、自分の部屋に戻ったときには、この上なく明るい考えで心が満たされていました。

ベルはとても疲れていましたが、部屋にはちょうど必要だった飲み物や冷菓がいろいろと用意されていました。重たくなった瞼が心地よい眠りを約束しています。横になってまもなく眠りに落ちると、愛しい謎の青年がちゃんと現われました。再会の喜びを言い表わすために、愛情のこもった言葉をどれだけ語ったことでしょう。ベルは間違いなく幸せになるだろう、大事なのは善良なその心が抱かせる気持に従うことだけだ、と言うのでした。それはベットと結婚するということかとベルが尋ねますと、謎の青年は、それしか方法はないと答えました。ベルはそのことにいわばむっとして、恋人がその恋仇を幸せにしてやりなさいと勧めるなんておかしいとさえ思いました。この最初の夢のあと、ベルは自分の足下にベットが死んでいるのが見えるようでした。その直後、謎の青年は現われては消え、現われては消えながら、ベットに場所を譲ろうとするようでした。いちばんはっきり見えたのは、あの貴婦人で、彼女にこう言っているようでした。

「私はおまえに満足しましたよ。おまえは常に、自分の理性が言うとおりに行動しなさい。何も心配することはない、私が責任を持っておまえを幸せにしてあげるから」

ベルは眠っていましたが、謎の青年に惹かれる気持ちと、すてきだと思えない怪物に対する嫌悪感を貴婦人に打ち明けているようでした。貴婦人はそんなふうに悩むベルに微笑みながら、青年への愛情のことで心配しないように、ベルが感じている思いは、義務を果たそうとする気持と矛盾することはない、抵抗せずに、愛情の赴くままにすればいい、ベットと結婚すれば、ベルの幸福は完結するだろう、と言うのでした。

その夢は目覚めると同時に終わりましたが、ベルはその夢を振り返って、いつまでも考え続けました。最後に見たこの夢にも、他のいくつかの夢にも、普通の夢にはない理由があるように思いました。そのことが決め手となり、ベルはこの奇妙な結婚に同意することにしたのです。けれども、謎の青年の姿がたえず思い出されては彼女の心を乱すのでした。障害はそれ一つだけでしたが、侮れない障害でした。相変わらず何をすべきかわからないまま彼女はオペラ座へ行きましたが、心の迷いは続きました。観劇が終わると、食卓に着きました。ベットがやってきて、ようやく心が決まりました。

怪物は、長引いた留守のことで文句を言うどころか、ベルに会う喜びがそれまでの心配を忘れさせたかのように、部屋へ入ってくると、ただもういそいそと、楽しく過ごしてきたか、皆によくしてもらったか、元気にしていたか、と尋ねることしか頭にないようでした。ベルはこうした質問に答えると、あなたの心配りのおかげで楽しいことがいろいろありましたが、その代償は高くつきました、そのあとであなたが陥った状態を見て身を裂かれるほど辛かったからですと、丁寧に言いました。

ベットは言葉少なにお礼を言うと、暇乞いをしようとして、いつものように、あなたと一緒に寝てもいいですか、と尋ねました。ベルはしばらく答えませんでしたが、ついに心を決め、震えながら言いました。

「ええ、ベットさん、いいですとも。あなたが誓いを立ててくださるなら、そしてあなたが私の誓いを受け取ってくださるなら」

「誓います」とベットは言いました。「あなた以外の妻をけっして持たないことをお約束します」

「では私も」とベルは答えて言いました。「あなたを夫としてお迎えし、心からの忠実な愛をお誓いします」

その言葉を発するやいなや、大砲が一斉に鳴り響きました。それが祝いのしるしだとわかったのは、二万本以上の打ち上げ花火が三時間も続いて空を照らすのが窓越しに見えたからです。恋結び〔八の字の形に組まれた飾り紐〕の形をした打ち上げ花火や、ベルの頭文字を組み合わせたり、はっきりした文字で「ベルとその夫万歳」と書かれた雅な仕掛け花火もありました。このすてきなスペクタクルがひとしきり続いたあと、ベットは新妻にそろそろ休む時間だと伝えました。

ベルはこの奇怪な夫に近寄りたいとはあまり思いませんでしたが、ともかく横になりました。するとその瞬間に明かりが消えました。ベットが近づいてきたので、彼の重みで寝台が壊れるのではないかと心配になりました。しかしベルは、怪物が自分と同じくらい軽やかに隣に横になったのを感じて、驚きながらもほっとしました。もっと驚いたのは、すぐに寝息が聞こえてきたときです。じっと動かないのは、深く眠っている確かな証拠でした。

ベルは唖然としましたが、不思議な出来事には慣れっこになっていたので、少し考えごとをするうちに、新郎と同様、穏やかな眠りにつきました。今夜の眠りも、この宮殿で体験したいろんなことと同じくらい不思議なものになるだろうと思いながら。眠りに落ちるや、愛しい謎の青年がいつものようにやってきました。彼はいつになく陽気で、いつになく着飾っていました。

「ほんとうにありがとう、すてきなベル」と彼は言いました。「あなたは私を恐ろしい牢獄から解放してくれました。そこで私は長いあいだ苦しんできたのです。あなたとベットの結婚は、王をその臣下に、息子をその母親に、そして命をその王国に返すことになるでしょう。私たちみんなが幸せになるのです」

この話を聞いたベルは、自分が婚約したと知ったら味わうはずの絶望を示すどころか、彼が目を輝かせて大喜びしているのを見て忌々しく思いました。不満な気持ちを彼にぶつけようとすると、今度はあの貴婦人が夢に現われました。

「おまえが勝ったのですよ」と貴婦人は言いました。「ぜんぶおまえの手柄です。ほかのどんな気持より感謝の気持ちを大切にしましたね。おまえのように自分の幸せを犠牲にしても約束を守ったり、自分の命を危険にさらしても父親の命を救ったりできる精神力の持ち主はいません。おまえが自分の美徳の力で到達した幸福と同じようなものを手に入れたいと望むことすらできる者はいません。おまえはまだこの幸福のほんの一部分しか知りません。朝になったらもっとわかってくるでしょう」
貴婦人のあとにはふたたび青年が見えましたが、死んだように横になっています。いろんな夢は夜中(よるじゅう)続きました。そんなせわしなさには慣れていたので、ベルはそれでも長いこと眠っていました。目覚めたときにはすっかり明るくなっていました。雌(めす)ザルたちが窓を閉めていなかったせいで太陽がいつもより明るく部屋を照らしています。それでふとベットのほうに目が行きました。はじめはそこに見えるのがいつもの夢の続きのように思われ、まだ夢を見ているのかと思いましたが、自分が見ているのが現実だとはっきりわかると、ベルはこの上ない喜びと驚きを感じました。

夜寝(ね)るときにベルは、異形(いぎょう)の夫(おっと)のためにできるだけ場所を空(あ)けておこうと、寝台(ベッド)の端(はじ)のほうに横になっていました。彼は最初のうちはいびきをかいていましたが、ベルが眠りに落ちる前にそれは聞こえなくなっていました。目覚めたとき彼が静かだったので、隣にいるとは思えず、知らないうちに起きたのかしらと思いました。それを確かめようとして、そっとそちらのほうを向くと、ベットではなく愛しい謎の青年が見えたのです。嬉しい驚きでした。

眠(ねむ)れる美青年は夜中より千倍もすてきに見えました。同一人物かどうか確かめようと、ベルは起き上がり、いつも腕につけているブレスレットの肖像画を化粧台(けしょうだい)に取りに行きました。しかし見間違(みまちが)えるはずはなかったのです。ベルは彼が不思議なくらい眠りこけているのが気になり、話しかけて起こそうとしました。声をかけても目覚めないので、今度は腕(うで)を引っ張ってみますが、何の効果もありません。

ただ魔法がかかっていることだけはわかりました。そこでベルは魔力（まりょく）が切れるのを待つことにしました。魔力には期限が定められているはずだからです。

ベルのほかに誰もいないので、彼となれなれしくしても誰かの顰蹙（ひんしゅく）を買う心配はありません。しかも、彼はもうベルの夫なのです。ベルは愛しい気持ちの向くままに千度も彼にキスをすると、一種の昏睡（こんすい）状態が終わるのを根気（こんき）よく待つことにしました。どんなに嬉しかったことでしょう、ベルの決断を唯一（ゆいいつ）妨（さまた）げていた思い人（おもびと）と結ばれ、好みからしたかったことを義務としてすることになったのですから。夢のなかで約束された幸福の訪（おとず）れをベルはもう疑いませんでした。ベットへの愛と謎の青年への愛は両立するという貴婦人の話は嘘（うそ）ではなかったのだと、ベルはそのとき悟（さと）りました。ふたりは同一人物だったのですから。

そうするあいだも新郎は一向（いっこう）に目覚めません。少し食事をとると、ベルはいつもの日課で気晴らしをしようとするのですが、どれも味気（あじけ）なく感じられます。自分の部屋から出てゆく気になれず、何もしないわけにもいかないので、楽譜（がくふ）を手に取って歌いはじめました。鳥たちは、彼女の歌を聞くと、それに合わせて歌い出しました。それがじつにうっとりするような合唱（がっしょう）だったので、ベルは夫が目覚めて合唱が中断するのを期待していました。ベルは声のハーモニーで魔法が解けると思ったのです。

たしかに合唱はさえぎられましたが、ベルが期待したような形ではありませんでした。ベルの部屋の窓下から聞き慣れない馬車の音がしたかと思うと、複数の人の声が彼女の部屋に近づいてきます。

と同時に、近衛隊長のサルがオウムの通訳を介して、ご婦人方がお見えです、とベルに言いました。窓の外を見ると、婦人たちを乗せてきた馬車があります。じつに斬新な形をした、比類もなく美しい馬車でした。立派な枝角と黄金の蹄鉄をした四頭の真っ白な牡鹿が華麗な装具を付けてこの馬車を引いていましたが、それがあんまり珍しいので、ベルはそれが誰のものなのかますます知りたくなりました。

しだいに大きくなる物音で、貴婦人たちが近づいてくるのがわかります。もう控えの間の手前まで来ているはずです。ベルは出て行ってお迎えしなければと思いました。ふたりのうちのひとりは、夢でいつも会っているあの貴婦人でした。もうひとりも同じく美しい人でした。高貴で上品な容貌が貴人であることをはっきり物語っています。この謎の女性はもう若くはありませんでしたが、大変威厳に満ちた様子だったので、ベルはどちらを向いて挨拶をすればいいのかわかりませんでした。

そんなふうに迷っていると、ふたりのうちでいくらか優位に立っているように見える顔見知りの貴婦人が、相手の夫人に言いました。

「さて女王よ、この美しい娘をどう思いますか。あなたの息子はこの人のおかげで生き返ったのですよ。あなたも認めるでしょうが、これまでのあのひどいありさまでは、生きていたとはとても言えませんからね。この人がいなかったら、あなたは二度と再び息子に会えなかったでしょうし、美しさと同じように美徳と勇気を備えた比類のない女性がこの世にいなかったら、彼は変身させられたあの恐ろしい姿のままでいたことでしょう。彼女があなたに返してくれる息子が彼女の宝となることをあなたも嬉しく思うことでしょう。ふたりは愛し合っているのですから、あなたが同意しさえすれば、ふたりの幸福は完結します。それを拒みますか？」

女王はその言葉を聞くと、ベルを優しく抱きしめながら叫びました。

「拒むなどとんでもない、この上ない喜びをもって同意します。大きな恩恵を授けてくれた美しく気高い娘よ、あなたは誰ですか、これほど完璧な王女に生を授けた幸福な君主はどなたですか」

「奥様」とベルは慎ましく答えました。「母はずっと前に亡くなりました。父は家柄よりもその誠実さや苦労のほうが知られている一介の商人です」

こうしてベルが隠し立てせずにはっきり言うと、女王は驚き、少し後ずさりして言いました。

「なんですって、ただの商人の娘ですって！……」女王は屈辱に満ちたまなざしを妖精［＝貴婦人］に向けながら「ああ偉大なる妖精よ！」と言い足し、それだけ言うと、あとは黙り込んでしまいました。けれども、女王の考えはその様子から十分伝わってきましたし、そのまなざしが不満を物語っていました。

「どうやら」と妖精は毅然とした態度で言いました。「私の決定にご不満のようですね。娘の境遇をあなたは軽蔑していますが、私の計画を実行して、あなたの息子を幸せにできたのは、世界中で彼女ひとりだけだったのですよ」

「とても感謝していますわ」と女王は答え、さらに続けました。「しかし、権威ある妖精よ、言わせてもらいますが、息子が受け継ぐこの上なく高貴な血筋と、あなたが息子を結婚させようとしている娘の卑しい出自はまるで釣り合いません。私たちにとってこんなに屈辱的で、王子にとってこんなに不釣り合いな婚姻という代価を払わねばならないなら、王子の幸福とかいうものを、私は全然喜べませんよ。心の美しさに劣らず家柄もすばらしい娘を見つけるのは不可能なのでしょうか。私は評価に値する王女の名をたくさん知っています。そのひとりと王子が結婚するのを期待してなぜいけないのですか」

話がそこまで来たところで、謎の美青年が現われました。母親と妖精が到着して目を覚ましたのです。ベルが試みたどんな努力よりも彼女らの騒がしさのほうが効果があったわけですが、それはかけられた魔法がそう命じていたからです。女王はただ無言で王子を長いこと抱きしめました。再会した息子は女王の愛情を受けるにふさわしい資質を備えていました。王子はあのおぞましい姿と愚かさから解放された自分を見てどんなに嬉しかったことでしょう。愚かさのほうは装っていただけにいっそう辛いものでしたが、その理性を曇らせはしませんでした。もとどおりの姿で現われる自由を取り戻したのは、愛する人のおかげでしたから、なおさら王子は彼女を大切に思うのでした。

王子は、子から母親へのほとばしる思いを示したあと、今度は義務感と感謝の念に急かされるように、妖精にお礼を述べました。王子はその言葉にこのうえない敬意を込めましたが、なるべく手短に言いました。ベルのほうにも熱意を示したくてうずうずしていたからです。

その気持ちはすでに愛情のこもったまなざしで伝えていましたが、目で語った言葉を確かなものとするために、おもいきり優しい言葉をつけ加えようとしました。そのとき妖精が彼をさえぎり、妖精と母親のあいだに立って審判をするように言いました。

「母上はあなたとベルの婚約に反対されています。彼女の家柄があなたにはふさわしくないとお感じなのです。一方私は、ベルの美徳が身分の不釣り合いを帳消しにしていると考えています。王子よ、私たちのふたりの考えのうち、どちらがあなたの考えに沿っているか、判定を下してください。あなたが本当に思っていることをいっさい気兼ねなしに言えるよう、何でも好きなように述べる許可を与えます。あなたは愛すべきこの女性に誓いを立てましたが、撤回してもかまいませんよ。あなたがもとの姿を取り戻したのはベルのおかげですが、彼女はすんなり撤回に応じるでしょう。それは私が保証します。繰り返しますが、女王が勧める人とあなたが結婚するのを超然と受け入れられるほどにベルは高潔なのです……どうですか、ベルよ」と妖精はベルのほうを振り返りながら話を続けました。「あなたの考えを説明してみましたが、間違っていますか。あなたは仕方なしに結婚するような人の妻になりたいですか」

「いいえ、けっして」とベルは答えました。「王子様は自由です、私は王子様の妻になる名誉を放棄します。結婚の誓いを受け入れたとき、私は人間以下の何かに恩恵を施すような思いでした。彼と婚約したのは、彼に特別な好意のしるしを与えるためにすぎません。私の意図は野心とは無関係です。ですから、偉大な妖精よ、女王様に何も強要なさらないでください。今の状況では、女王様の慎重さを非難することはできません。

「さて女王よ、あなたはそれに対して何とおっしゃるか」と妖精は見下したような、冷ややかな調子で言いました。運命の気まぐれで王女になり、たまたま高い地位に就いているような女性たちのほうが、こちらの娘さんよりもふさわしいとお思いですか。彼女は自分の出自に責任を負う必要はありませんし、彼女の美徳はそれを十分高めていると私は思いますけれどね……」

女王はなかば当惑した様子で答えました。「ベルは比類のない女性です。その美質にはかぎりがなく、それにまさるものはありません。ですが奥様、他の方法でそれに報いることはできないのですか。息子の結婚を犠牲にするしかないのですか。ねえ、ベルよ」と、女王は言いました。「あなたにはあまりに大きな借りがあるので、感謝のしようもありません。いとめをつけませんから、思い切って希望を言ってください。そのこと以外なら何でも差し上げますから。あなたにとってそれほど大きな違いはないでしょう。私の廷臣のなかから夫をお選びなさい。どんなに身分の高い貴族でも、幸せに思うことでしょう。あなたに配慮して、その人には王位になるべく近い、王位とほとんど変わらぬ地位を与えましょう。

「感謝申し上げます、女王様」とベルは答えました。「褒美を要求するなどとんでもありません。偉大な王子を母君とその王国から奪った魔法を終わらせられたのですから、その喜びだけで十分すぎるほど報われております。私がご奉仕をしたのが私の心の支配者のためだったのなら、私の幸福は完結したことになるでしょう。唯一の願いは、妖精様が私を父のもとに帰してくださることだけです」

この一連のやりとりのあいだ、王子は妖精の命令で沈黙を守っていましたが、いよいよこらえられなくなり、辛い命令を守ろうとする気持ちも限界に達しました。妖精と母君の足下にがばと跪くと、ベルから引き離されて彼女の夫となる幸福が奪われたら、自分は今以上に不幸になってしまう、どうかそんなことはしないでほしい、と非常に激しい調子で懇願しました。

その言葉を聞いたベルは、愛情をこめて彼を見つめながら、けれども気高い誇りをもってこう言いました。

「王子様、あなたを思う気持ちを隠すことはできません。あなたの魔法が解けたのもその証拠ですから、それを隠しても無駄でしょう。恥じることなく告白します、あなたを自分以上に愛しています。どうしてそれを隠せるでしょう。非難すべきは邪悪な気持ちだけです。私の気持ちに罪はありませんし、そのことでは、あなたも私も本当にお世話になった高潔な妖精のお墨付きをいただいています。それでも、ベットのものになることが自分の義務だと思ったとき、この気持ちを思い切る決心がついたのですから、今回も私の心が変わることはないと思ってください。今ではもうベットの利益ではなくあなたの利益がかかっているのですから。

あなたの妻になる名誉を放棄するためには、あなたが誰で自分が誰なのかを知るだけで十分です。あえて申しますが、たとえあなたが母君を拝みたおして願いどおり同意をいただいたとしても、何にもならないでしょう。私の良識のなかに、また私の愛情のなかにさえも、あなたには乗り越えられない壁ができてしまうからです。繰り返しますが、私の願いは家族のもとへ帰ることだけです。その場所で私は、あなたがよくしてくださり、愛してくださった思い出をいつまでも忘れずにいるでしょう」

「高邁なる妖精よ」と王子は拝むように手を合わせながら叫びました。「後生ですから、ベルが行かないようにしてください、いっそのこと私に怪物の姿を返してください。その状態で私はベルの夫でありつづけます。彼女はペットと結婚の約束をしたのですから。私にとってはそのほうがずっとましです。高い犠牲を払わねば手に入らないほかのどんな利益よりも」

妖精は何も答えずに、女王をじっと見ていました。女王はベルの豊かな徳性に感動しましたが、高慢な性格は変わりません。息子の苦しみには心が痛みますが、ベルが商人の娘でしかないのを忘れられないのです。しかし女王は妖精の怒りを恐れていました。妖精の憤りは、その様子や沈黙から十分伝わってきます。女王はひどい苦境に立たされました。ひとことも発せられずに、守護妖精を怒らせた会話が不幸な結果をもたらすことを恐れていました。しばらくのあいだ誰も口を開きませんでしたが、ついに妖精が沈黙を破ると、恋人たちに優しいまなざしを向けて言いました。

「あなたがたはお互いにとってふさわしいと私は思います。こんなに美しい心を引き離そうとするのは罪なことです。離ればなれになることはありません。この私が約束します。私には約束を果たす能力が十分あるのですから」

女王はこの言葉を聞いて身震いしました。口を開いて抗議をするところでしたが、妖精がそれを制してこう言いました。

「女王よ、虚飾ばかりに価値を置いて、そんなものを取り払った美徳を馬鹿にするあなたは、厳しく非難されて当然です。とはいえ王座という地位が与える自尊心に免じてあなたを許しましょう。これからあなたにちょっとした無理強いをしますが、それ以外の罰は与えないことにします。あなたはやがてこのことを私に感謝することでしょう」

この言葉を聞いたベルは、妖精の膝を抱きしめて叫びました。

「高い地位に引き上げていただいたために、その地位にふさわしくないと一生涯非難されつづけるような苦しみをどうか私に与えないでください。今は私との結婚が幸福への道だと思っている王子も、おそらくすぐに女王のように考えるようになるだろうことをお考えください」

「いえいえ、心配は要りませんよ、ベル」と妖精は答えました。「あなたが予想するような不幸は起こるはずもありません。あなたがたがそうならないようにする確かな方法があるからです。王子がたとえ結婚後にあなたに冷たくなる可能性があるとしても、それには身分違い以外の理由を探す必要があるでしょう。あなたの出自は王子のそれと比べてちっとも劣らないのですから。あなたのほうがはるかに優位に立ってさえいるのです、なぜなら」と、妖精は誇らしげに、女王に向かって言いました。「彼女は、あなたの姪なのですから。それに、これを知ればあなたは彼女に敬意を抱くでしょうが、ベルは、私の妹の娘、つまり私の姪でもあります。高い地位の一番の輝きをなすのは美徳ですが、妹は、あなたのように高い地位に縛られてはいませんでした。

真価を見定める目を持ったこの妖精は、あなたの兄弟である幸福島の王に結婚の名誉を授けました。ふたりの愛から生まれた子を、その義母になろうとした妖精の横暴から守ったのがこの私です。その子が生まれたときから、私はその子をあなたの息子の許婚と決めていました。あなたに私の好意を見せないようにして、あなたのほうから自然に信頼感が出てくるのを待とうと思いました。あなたがもっと私を信頼するようになると思う理由が私にはあったからです。王子の行く末については、あなたは私を当てにすることができました。そのことを十分気にかけていることはお伝えしてあったのですから、あなたがたの不名誉になるようなことを私が彼にさせる心配はなかったはずです」妖精は、少しこわばりの残る笑顔で続けて言いました。「女王様、あなたはこれ以上ひとを見下すのはやめて、私たちに姻戚となる名誉をくださるものと信じております」

女王は驚いたり恥じ入ったりで、何と答えたらよいのかわかりません。過ちを償う唯一の道は、それをすなおに認めて、心からの悔悛の情を示すことでした。

「私が間違っていました、高邁なる妖精よ」と女王は言いました。「あなたの善意は私にとって確かなよりどころに違いなく、あなたが息子の不名誉になるような婚姻をさせるはずはなかったのです。ですが、名門の家系に伝わる偏見をどうかお許しください。王族が身分違いの婚姻をするのは恥だと昔から言われてきたのです。私への罰として、ベルにもっとふさわしい義母をあなたがお与えになったとしても当然だと思います。けれどもあなたは息子を惜しみなく気遣ってくださるのですから、彼まで私の過ちの犠牲にすることはなさらないでしょう」

「愛しいベルよ、あなたは」と女王はベルを優しく抱きしめながら言いました。「私が反対したことを悪く思わないでくださいね。息子を姪に与えたい一心でしたことなのですから。妖精は死んだと思われていたその姪がたしかに生きていると私に言っていました。彼女のことをそれは魅力的に話してくれるので、出会う前からあなたを心から愛していました。あなたに王座と息子の心をとっておきたいばかりに、妖精の逆鱗（げきりん）に触れてしまったのです」

そう言いながら、女王が再びベルを優しく撫（な）でますと、ベルは恭しくそれを受けました。王子のほうでもこの嬉しい知らせに胸が一杯で、その喜びをまなざしで表わしていました。

「これで私たちみんなが満足しましたね」と妖精は言いました。「この喜ばしい出来事が完結するために、足りないことは一つだけ、王女の父である王様の同意だけです。ですが、私たちはじきに彼に会うことになるでしょう」

ベルは、どうかお願いですから、自分を育ててくれた父親、命を授けてくれたと思っていたその人も自分の幸せに立ち会えるようにしてください、と妖精に頼みました。

「好ましい気遣いですね」と妖精は言いました。「美しい心にふさわしい気遣いです。あなたがそう願うのですから、お父様へは私からお知らせしましょう」

それから妖精は女王の手を取ると、魔法の宮殿を案内するという口実で彼女を連れ出しました。それは新郎新婦がはじめて、気兼ねなく、夢の助けなしに語り合えるようにするためでした。ふたりは妖精と女王を追いかけようとしましたが、妖精はそれを阻止しました。幸せになるのだという穏やかな喜びがじわじわと心に満ちてきて、ふたりはお互いの愛情を実感するのでした。

混乱して支離滅裂な会話も、何度もやり直す愛の告白も、ふたりにとってはどんなに雄弁な演説より確かな愛の証でした。こういう場面で、愛が本当に恋をしている人たちに言わせる台詞を全部言ってしまうと、ベルは王子に、どんな不運のせいで、あんなにも残酷なしかたでベットの姿に変身させられたのかと尋ねました。彼女はまた、その残酷な変身の前に起こったあらゆる出来事についても教えてほしいと言いました。王子は、姿は変わってもベルにまめまめしく仕えたい気持ちは同じでしたから、先延ばしにしようとせずに、こう話しはじめました。

ベットの話

「私の父親である王は、私が生まれる前に亡くなりました。お腹に宿していた子供のためを思わなかったら、女王は死別の悲しみを乗り越えられなかったでしょう。私の誕生は女王にこの上ない喜びをもたらしました。彼女の悲しみを忘れさせられたのは、こよなく愛した夫の子を育てる喜びだけでした。

女王の気がかりはただ、私の教育のことと、私を失うのではという不安だけでした。そのことで女王を支援してくれる知り合いの妖精がおり、どんな事故からも私を守ってみせるという熱意を示していました。女王はそのことを非常にありがたく思いましたが、妖精が私を自分に預けてほしいと言ったのは快く思いませんでした。この妖精は気まぐれに人を優遇するとかで、評判がよくなかったのです。人びとは彼女を愛するというよりは恐れていました。ですから、母がたとえこの妖精の性格のよさを確信していたとしても、私から目を離すことに同意するはずはなかったのです。

とはいえ、慎重な人びとの助言もあり、復讐心の強いこの妖精の恨みが不幸な結果をもたらす恐れもあったので、女王はその申し出を完全には断りませんでした。女王のほうから自発的に私を預ければ、妖精が私に悪さをするとは考えられなかったのです。それまでの経験から、この妖精が危害を加えるのは、自分を侮辱したと感じる相手だけであることはわかっていました。女王は助言のとおりだと思いましたが、ただ辛かったのは、母親の目でたえず私を眺め、私のなかにさまざまな魅力——親ばかにすぎませんが——を見出す喜びを味わえなくなることでした。

女王がまだ迷っていたときでした、近隣の強国が、女性に傅育された幼王の国家など簡単に奪取できるだろうと考え、巨大な軍隊を率いて侵入してきたのです。女王は急いで挙兵し、女性にはありえない勇ましさで軍の先頭に立ち、国境を護るために出陣しました。そのときはもう、私を残して行かざるをえず、私の教育を妖精に任すしかありませんでした。戦が終わりしだい、支障なく私を宮廷に連れ戻すという神聖な誓いを妖精が立てると、私はその手に託されました。母は、せいぜい一年で戦争が終わると思っていたのです。しかし、いくつもの戦に勝ちはしましたが、そんなに早く都に帰れませんでした。勝ち戦から利益を引き出すために、女王は自国から敵を追い出したあとも、敵国のなかまで彼らを追いかけていったのです。

女王は諸州を奪取し、いくつもの戦に勝ち、しまいには敗者が屈辱的な和平を求めるまでに追い込み、厳しい条件をつけてその和平を実現させました。こうして勝利を有利に導くと、女王は勝ち誇って出発し、私との再会を楽しみに心に描きました。けれども道中で女王は、卑劣な敵が和平条約の誓いに反して駐留部隊を虐殺させ、明け渡したすべての陣地を取り返したと知り、引き返さざるをえませんでした。女王を私のもとへと急がせる気持ちに名誉心が打ち勝ったのです。女王は敵が二度と叛逆できない状態になるまで戦をやめないことを決意しました。

この第二次遠征は長い歳月を要しました。女王は二、三回の戦闘で十分だろうと思っていましたが、相手は手強いだけでなく腹黒くもありました。敵は策を弄して諸州を蜂起させたり、兵士全員を離反させたりしたので、女王は十五年ものあいだ、軍隊から離れられなかったのです。彼女は私を呼び寄せようとは考えませんでした。もうすぐ帰れる、もうすぐ私に会いに帰れるといつも思っていたからです。

その間、妖精は約束どおり私の教育に専心しました。私を王国に連れ戻した日以来、常に私のそばを離れず、私の健康や楽しみにたえず注意を払っていました。私は彼女の厚意にどれほど感謝しているかを敬意によって示しました。自分の母にするように気を遣い、心を尽くしましたし、感謝の気持ちゆえの親愛の情を抱いてもいました。

しばらくのあいだ彼女はそれで満足しているように見えました。ところが、何年か理由を告げずに旅に出て帰ってくると、自分の世話の成果を見て惚れぼれし、私に対して、母親が持つのとは異なる愛情を抱いたのです。かつては母と呼ぶことを許していたのに、今度は私がそうするのを禁じました。それにどんな理由があるのか知ろうとはせずに、また彼女が私に何を求めているのかを推し量ろうともせずに、私は従いました。

彼女が満足していないのはわかっていました。けれどもたえず恩知らずだと言って彼女が私を責める理由が私に想像できたでしょうか。身に覚えがないだけに、私はそんなふうに責められて意外に思いました。そのあとはきまって愛情たっぷりの愛撫をされるのですが、経験が乏しい私にはその意味がわからなかったのです。彼女はその気持ちを説明する必要がありましたが、その日はやって来ました。私が女王の帰りが遅いことについて、待ち遠しさと寂しさの混じった思いを彼女に訴えたときでした。妖精はそのことで私をとがめたのです。母親に対する愛情が彼女に対して持つべきそれを損なうことはけっしてありませんと言うと、彼女は、それについて嫉妬はしていない、私のために精一杯尽くしてきたし、これからもそうするつもりだが、と答え、さらにこうも言いました。——おまえのために計画していることをもっと自由にできるようにするためには、おまえが私と結婚する必要がある。私は母親のようにではなく、恋人のようにおまえから愛されたいのだ。おまえはこの提案を感謝して受け入れ、大喜びでそれを承諾するに決まっている、だからおまえはただもう手放しに喜べばいい、おまえをあらゆる危険から守り、魅力にあふれ栄光に満ちた人生をもたらしてくれる強大な妖精を娶れることになったのだから。

この申し出に私は困惑しました。自分の国で育った私は、世の中をある程度知っていますから、結婚している人たちのなかに、年齢や気質がしっくり合ってうまくいっている人たちと、環境の違いから相手に敵意を持ち、それでお互いにひどく苦しんでいる気の毒な人たちがいることはよく見てきました。

妖精は年老いて醜く尊大ですから、彼女が言うほどすてきな将来を期待できるとは思えませんでした。一緒に幸福な人生を過ごしたいと思うような相手に持つべき感情を、私は彼女に対して感じることは到底できませんでした。しかも私は、そんなに早く結婚するつもりはありませんでした。私の心を燃やしていたのは女王に再会したいという思いと、その軍隊の主将として活躍したいという思いだけでした。私は自由になりたくてたまりませんでした。私を満足させられるのはそれだけでしたが、妖精が私に拒んだのもそれだけでした。

私も皆と危険を分かち合うために戦場へ行かせてほしいと何度も懇願しました。女王なら、私のためにそこに駆けつけてくれることを知っていました。けれども、私の願いはその日まで叶えられませんでした。意外な告白に早く返事をするよう急かされ、私は混乱しました。そこで私は、母の命令なしに、彼女の留守中に身の振り方を決めることは許されていないと、あなたも何度も言っていたではありませんか、と指摘しました。

「そのとおりですよ」と妖精は答えました。「それに反する行動をあなたに押しつけるつもりはありません。女王にすべてお委ねすればいいだけのことです」

前にも言いましたが、美しい王妃よ、それまでこの妖精は、私が母である女王に会いに行くのを許してくれませんでした。ところが妖精は、女王の同意を得たい、同意してくれるはずだ、と思っていたので、私のほうから求めなくても、ずっと拒んでいたその許可を私に与えざるをえませんでした。しかし妖精は、私にとっては嬉しくない条件をつけました。彼女も私に同行するという条件です。なんとかそれを思いとどまらせようとしましたが、できませんでした。私たちは大勢の護衛隊とともに出発しました。

私たちが到着したのは、ある決定的な戦の前日でした。女王の戦は成功裡に運んだので、戦力を使い果たした敵軍は、翌日の戦に負ければ決着がつくというところでした。私が現われたのでこちらの陣営は喜びに沸き、士気を高めた兵士たちは、私が到着したのは勝利への吉兆だと考えました。女王は死ぬほど喜びました。けれども最初の興奮が収まると、喜びは心配に取って代わりました。私が手柄を立てる期待に胸を膨らませているあいだ、女王は私が冒そうとしていた危険を思って震えていたのです。高潔な人なので、私に行くなとは言えませんでしたが、愛情の名において、名誉が許す範囲でどうか自分の身をいたわってほしいと私に言いました。また妖精にも、戦に行く息子をどうか守ってほしいと懇願しました。

女王がそう懇願するまでもなく、自尊心の強いその妖精も女王と同じくらい心配していました。私を戦の危険から守る秘術が彼女にはなかったからです。とはいえ、軍を指揮する技術と重大な職務に適した慎重さを一瞬のうちに私に伝授し、それが功を奏しました。百戦錬磨の隊長たちも私に感心したほどです。私は戦の指揮を執り、完璧な勝利をおさめました。幸運にも私は女王の命を救い、彼女が戦争捕虜になるのを阻止しました。敵軍は一気に追い詰められて陣地を放棄し、軍備とともに軍勢の四分の三を失いましたが、我が軍が失ったものはほんの僅かでした。

敵軍が自慢できたのは、私が軽い傷を負ったことだけでした。しかしこの事件のせいで、戦争がこれ以上続いたらもっと大変なことが私に起こるのではと心配した女王は、私の存在に士気を鼓舞された全軍の願いにもかかわらず、敗者が望むべくもない条件で和平を結んでしまいました。

それからまもなく、私たちは帰途につき、都に凱旋しました。戦のことで忙しくしていたのと、射止めてしまった老妖精につきまとわれていたせいで、私はそのときまで例の件を女王に伝えられずにいました。ですから、すぐにも私と結婚するつもりだとこのメガイラ〔復讐の女神〕がはっきり宣言したのは、女王にとってまさに青天の霹靂でした。老妖精がそう宣言したのはここ、今ほど壮麗ではありませんでしたが、まさにこの宮殿でのことでした。それは亡き王の別荘だったのですが、王は執務に忙殺されていたため、建物の化粧直しを考える暇もありませんでした。父が愛したものを大切にしていた母は、戦の疲れを癒やすのに好んでこの宮殿を選びました。

妖精の宣言を聞いた女王は、最初の反応を抑えることができず、心を偽るすべもないまま、こう叫びました。

「奥様は、ご自分が申し出られた取り合わせの奇矯さを考えてごらんになりまして？」

たしかに、それ以上に滑稽な取り合わせは思いつけないほどでした。妖精はよぼよぼの老女であるうえに、ぎょっとするほど醜かったのです。重ねた歳月が彼女を醜くしたのではありません。若い頃に美しかったなら、魔法を使って美しさを保つこともできたでしょう。しかし彼女は生まれつき醜かったので、魔力で人工的な美しさを自分に与えられるのは一年に一日しかなく、それを過ぎると彼女はまたもとの状態に戻ってしまうのでした。

妖精は女王の言葉に驚きました。自尊心のせいで自分のおぞましい部分が見えていない彼女は、外見的な魅力がなくても自分の権力でカバーできるものと思っていたのです。

「取り合わせの奇矯さとはどういう意味かね。せっかくこちらが忘れてやろうとしているのに、それを思い出させるのは軽率だと思わないのかい。おまえはただ、偉大なる四大精霊〔土・水・火・空気の四大元素を司る精霊〕よりも私が好きになってしまうほど魅力的な息子を持ったことを喜べばいいのだ。私が身を低くして息子に手を差し伸べてやっているのだから、私の気が変わらないうちに、私が親切にもおまえに与えるこの名誉を謹んで受けるがいい」

妖精に負けず誇り高い女王は、王位より高い地位があると考えたことは一度もありませんでした。

妖精が与える名誉と称するものなどばかにしていたのです。自分に近づいてくる者に命令するのが常だったので、こちらから敬意を払わねばならない嫁をいただきたいなどと思ったことはありませんでした。ですから、返事をするどころか、女王はただ身動きもせず、じっと私を見つめるばかりでした。私も彼女と同じように驚き、同じように女王を見つめていましたので、妖精はこの沈黙が、私たちに与えようとした喜びとは反対の感情をそのまま表わしていることを容易に理解しました。

「いったいこれはどういう意味なのかい」と彼女は苦々しく言いました。「母親も息子もなぜ黙っているのだ。嬉しい驚きに言葉を失ったのかね、それとも私の申し出を断るほどおまえたちは盲目で向こう見ずなのかね。言ってごらん、王子よ」と妖精は私に向かって言いました。「私の親切を忘れるほどおまえは恩知らずで無分別なのかね。今すぐに私との結婚に同意しないつもりなのかい」

「いいえ、奥様、断じて申しますが」と私は急いで答えました。「いただいたご恩には心から感謝していますが、そのような仕方で恩返しをする気持にはなれません。たとえ女王の許可があっても、そんなに早く自由を失いたくないのです。ご親切に感謝する別の方法を与えてくれませんか。何でもしますから。ただ、あなたが提案された方法だけは、どうか勘弁してください、なぜなら……」

「なんだって、卑しい人間のおまえが」と彼女は猛然と私の言葉をさえぎって言いました。「私に逆らうとは厚かましい！　それに、愚かな女王よ、こんな傲慢さを見て腹が立たないのか？　腹が立たないどころか、おまえ自身がそうさせているのだ、息子があんな図々しい返事をしたのは、おまえの傲慢な目つきを見たからなのだから」

妖精の横柄(おうへい)な言葉遣(ことばづか)いにすでにかっとなっていた女王は、もはや気持ちを抑えられなくなり、妖精がまだ彼女を責め立てていたとき、目の前にあった鏡に偶然目をやると、こう答えました。

「何と申し上げればよいのでしょう。あなたはご自分でご自分の姿を思い浮かべたことはないのでしょうか。それならどうか、思い込みを棄(す)てて、この鏡が映し出すものをごらんになってください、私の代わりに鏡が答えてくれるでしょう」

妖精は女王が何を言いたいのか難なく理解しました。

「つまりおまえがそんなに勿体(もったい)ぶるのは、大事な息子の美貌(びぼう)のせいなのだな」と彼女は言いました。「そのために私は不名誉にも拒絶(きょぜつ)されているのだな。おまえには私が彼にふさわしくないと映るのだな。それなら」と彼女は怒りに満ちた口調で声を荒(あら)げると、こう言いました。「おまえの息子をこんなに魅力的にするために、これまで何くれとなく世話をしてきたのだから、私の作品に最後の仕上げをしようじゃないか。そしておまえたちふたりが私から受けた恩義を忘れないようにするための斬新(ざんしん)で派手(はで)な材料を与えてやろう。さあ、愚か者(おろかもの)よ」と彼女は私に言いました。「この私に愛と結婚を拒否したことを自慢するがいい、そして私よりもふさわしい女性を見つけて、それを捧げるがいい」

そう言うと、この恐ろしい求婚者は私の頭に一撃(いちげき)を食らわしました。その衝撃は非常に大きかったので、私は顔から地面に倒れ込み、さらに山が崩(くず)れてきて押しつぶされたような気がしました。私はそのような侮辱に怒りを覚えて立ち上がろうとしますが、それができません。体があまりに重くて起き上がれないのです。私にできたのはただ両手で自分を支えることだけでしたが、その手は一瞬のうちにぞっとするような動物の脚になり、それを見て私は自分の変身に気づきました。あなたもごらんになったあの姿です。すぐに私はあの宿命の鏡に目をやりましたが、自分を襲った残酷で突然の変身に疑いの余地はもはやありませんでした。

私は苦痛のあまり動けなくなり、女王はこの悲惨な光景に逆上しました。この蛮行に駄目押しをするように、狂暴な妖精は鼻で笑いながらさらに言いました。

「ご立派な女性たちを誘惑しにゆくがいい。威厳ある妖精よりおまえにふさわしい女性をね。これだけの美貌があれば才気など必要ないのだから、私はおまえに命じよう。醜いのと同じくらい愚鈍なふりをするように。そして、もとの姿を取り戻したければ、若く美しい娘がおまえに喰われると知りつつ自分からおまえに会いにくるのを待つように。さらに」と彼女は続けました。「娘は、命の危険はないと悟ったあと、おまえに求婚するほど深い愛情を抱かねばならない。世にも稀なそんな女性に出会うまで、おまえは自分自身にとっても、おまえを見る誰にとっても憎悪の的となるように……それからあんた、こんなにも魅力的な息子の幸せすぎる母君よ」と彼女は女王に向かって言いました。「言っておくが、この怪物があんたの息子だと誰かに告げようものなら、息子は二度ともとの姿に戻れないだろう。損得勘定や野心や才気の魅力の助けなしに、彼は、この姿を脱ぎ捨てなければならない。さあこれでお別れだ、辛抱辛抱、そんなに長くは待たないだろう、王子はこんなにかわいいのだから、この病気を治す薬はすぐに見つかるだろうよ」

「なんと残酷な！」と女王は叫びました。「私の拒絶で気分を害したなら、私に復讐しなさい。私の命を奪いなさい。でもあなたが手塩にかけた作品を壊さないで、どうかお願いですから……」

「心にもないことをお言いだね、偉大なる女王様よ」と、妖精は皮肉を込めて切り返しました。腰が低すぎやしないかね、女王様に話しかけてもらえるほど私は美しくないからね。だが私の意志は変わらないよ。さらば、威勢高き女王よ、さらば、美貌の王子よ、これ以上私の醜悪な姿でおまえたちを煩わせるのはよくない。私は帰るが、かわいそうだからもう一つだけ忠告してやろう」と私のほうを向いて言いました。「おまえは自分が誰であるかを忘れねばならない。ちやほやされたり、仰々しい肩書きで呼ばれたりして得意になるようなことがあれば、万事休すだよ。それに、お喋りで好かれようと才気を使うようなことがあってもおしまいだからね」

そう言うと妖精は姿を消し、あとに残った女王と私は、言葉で表現することも想像することもできないありさまでした。不幸な人は泣くことで慰められるものですが、私たちにはほとんど効き目がありませんでした。母は短刀で自害しようと決意し、私は近くの大池に身を投げようと決意しました。私たちは互いに話し合うこともなしに、そんな悲痛な計画を実行しようとしていたのです。ところがそこに、堂々たる姿の、敬意を抱かせる様子をした女性が現われて、私たちに言いました。どんなに大きな災難であっても、それに屈するのは卑怯なことです、時間と勇気があれば、どんな不幸も克服できます、と。けれども女王は悲嘆に暮れるばかりで、とめどなく涙を流し、君主がおぞましい野獣に変えられてしまったことを臣下たちにどうやって伝えればいいのかわからず、ただもうひどく絶望するばかりでした。女王の苦悩と窮境を察した妖精（その人も妖精だったのです、あなたがここで会ったのと同じ妖精です）は、この恐ろしい事件のことを臣民にけっして知らせてはならないと釘をさし、絶望する暇があったら、この災厄に対して打つべき手を考えたほうがいいと忠告しました。

「打つ手があるのですか」と女王は叫ぶように言いました。「妖精の意志が執行されないようにできるほど強力な手があるのですか？」

「あります」と妖精は答えました。「どんなものにも解決策はあります。たった今あなたがたに怒りをぶちまけたあの人のように、私も妖精ですから。力では彼女に劣りません。もっとも、彼女が行なった害悪を今すぐ直すことはできません。妖精同士が互いの意志に直接対決するのは禁じられているからです。あなたがたに不幸を招いた妖精は私よりも年上です。私たちのあいだでは、年功は尊敬すべきキャリアなのです。彼女は悪い魔法を解除するための条件をつけてしまったので、その点で私はあなたがたのお役に立てるでしょう。たしかにこの魔法を終わらせるのは難しいことですが、手を尽くせば、不可能だとは思いません。あなたがたのために何ができるか考えてみましょう」

すると彼女はドレスから一冊の本を引っ張り出し、何歩か不思議な歩き方をすると、テーブルの前に座り、ずいぶんと長いあいだ、汗を流すほど熱心にそれを読んでいました。次に彼女は本を閉じ、深い瞑想に入りました。その表情があまりに深刻なので、一時は、私の不幸はもう手の施しようがないのかと思ったほどです。しかし妖精は我に返ってもとの美しい表情を取り戻すと、私たちの不幸を解決する方法があることを教えてくれました。

「時間はかかるでしょう」と彼女は言いました。「でもそれは確かな方法です。秘密が漏れないように、あなたがこの恐ろしい仮装の下に隠れていることを誰にも知られないように、気をつけてください。さもないと、あなたを解放する手立てがなくなってしまうからです。敵はあなたが秘密を漏らすだろうとふんでいます。だからあなたから言葉を取り上げなかったのです」

女王はこの条件は無理だと思いました。なぜならふたりの侍女があの悲劇的な事件に居合わせ、怯えて出て行ってしまったからです。このことは衛兵や廷臣らの好奇心を駆り立てたに違いない、ことは宮廷中に知れ渡り、じきに王国も、そして世界中もそれを知るようになるだろうと女王は考えました。しかし妖精は秘密が暴かれないようにする方法を知っていました。そこで彼女は意味のわからない言葉を唱えながら時に重々しく、時に早く、くるくる回ると、最後に、絶対的な権力で命令する人のように手を挙げました。この動作と呪文は絶大な力を発揮したので、城にいたすべての生き物は動かなくなり、彫像に変えられました。彼らは今もまだ、妖精の強力な命令の不意打ちにあったときと同じ姿勢でいます。

女王はその瞬間に大きな中庭のほうを見やり、夥しい数の人びとの身に起きた変化に気づきました。

群衆のどよめきが突如として静寂に取って代わり、私のせいで命を失った大勢の罪もない人びとに対する哀れみの情が女王の胸にわき起こりました。けれども妖精は、臣民がこの状態に置かれるのは秘密保持が必要なあいだだけだと言って女王を安心させました。慎重を期すためにそうせざるをえなかったのです。しかし妖精は、その埋め合わせをすることや、臣民たちがその状態で過ごす時間は彼らの寿命のうちには入らないことを約束しました。

「彼らはそのぶん若返るでしょう。ですからもう彼らを哀れに思うのはおやめなさい」と妖精は女王に言いました。「ご子息とともに彼らをここに残して行きましょう。ここならご子息に危険は及びません。この城を濃い霧で取り囲みましたから、私たちが適当と判断するそのときまで、そこに入ることはできないでしょう。あなたのことは」と妖精は続けて言いました。「あなたが必要とされている場所へお返しします。敵たちの動きも警戒せねばなりません。人びとには、養育係の妖精が重要な計画のために王子を留め置いている、あなたに随行した人びとも皆そこに留まっている、と伝えておきなさい」

私を置いて行かねばならないとわかると、女王ははらはらと涙を流しました。妖精は、王子のことはずっと見守っているから安心しなさい、と繰り返し言い、王子が願いさえすれば望みどおりになると言い切りました。さらに、女王か王子が何らかの軽率な言動で邪魔をしなければ、王子の不幸は終わるだろうと付け加えました。そうした約束をすべてもってしても母は慰められません。できることなら私のそばに残りたい、王国の統治は妖精か、彼女が最もふさわしいと思う者に任せたいと思うのでした。しかし、およそ妖精たるもの権威をもって命令し、皆がそれに服従するのを求めるものです。女王は、それを拒否したら私の不幸がさらに増すかもしれない、この善良な妖精に救ってもらえないかもしれないと恐れ、妖精の要求をすべて承諾（しょうだく）しました。すると美しい馬車がやってくるのが見えましたが、それを牽（ひ）いているのは今日（きょう）ここに女王を連れてきたのと同じ白い鹿たちでした。妖精は女王を隣の座席に乗り込ませ、私を抱擁する間（ま）もないほどでした。女王は戦で得た権益（けんえき）のことで他所（よそ）へ行かねばならず、それ以上ここにいれば私の不利になると警告されてもいました。彼女は途方（とほう）もない速さで軍の宿営地（しゅくえいち）に到着しましたが、そんな乗り物で到着したことに誰も驚きませんでした。皆は女王が例の老妖精と一緒だと思っていましたし、実際に同行した妖精は姿を現わさずにすぐまた出発したからです。それはここに戻ってくるためでした。彼女はその技術と想像力で得られるものを総動員して、この場所を瞬く間（またたくま）に改装しました。

　親切なその妖精は、さらにこの場所に何でも好きなものを付け加えていいと言ってくれました。そうして彼女にできることを全部してしまうと、元気を出しなさいと私を励（はげ）まし、希望となるようなことを思いついたら時々それを知らせに来るからと言って去って行きました。

　宮殿のなかで私はひとりぼっちのように見えましたが、それは見た目だけで、宮廷にいたときと同じように家来（けらい）が仕（つか）えていました。私の日課は、その後あなたがされたのとほとんど同じで、読書や観劇をしたり、暇つぶしに作った庭をいじったりしていました。何をしても楽しみは尽きませんでした。私が植えたものはわずか一日で完璧に育ちました。私がここであなたに会うきっかけをくれたバラのアーチを作るのにも、それ以上の時間はかかりませんでした。

私の恩人は頻繁に会いにきて、将来の希望を語り、そばにいてくれることで私の苦しみを和らげてくれました。女王は妖精を介して私の消息を知り、私も同じように女王の消息を得ていました。ある日妖精がやって来て、喜びに目を輝かせながら言いました。「王子よ、あなたの幸せが近づいていますよ」そして彼女は、あなたが父親だと思っていたあの男性が森で大変な夜を過ごしたことを話してくれました。妖精はあなたの出生の秘密は明かしませんでしたが、その人が旅に出るきっかけとなった出来事を手短に説明してくれました。その老人は、悪天候を一昼夜堪え忍びましたが、避難場所を求めてここに来るように仕向けられていたということでした。

「私はこれから」と彼女は言いました。「その人を迎えるための指示を出します。気持ちよく接待せねばなりません。この人にはすばらしい娘がいます。あなたを解放するのがその娘であってほしいと私は願っています。あの残酷な私の仲間があなたの魔法を解くのに付けた条件を注意して見てみました。あなたを救うことになる娘はあなたを慕ってここに来るように、と命じなかったのは幸運でした。反対に彼女は、娘が死を恐れながらも進んでその危険に身をさらすこと、と言っていました。娘がそうするように仕向ける方法を私は考えつきました。父親が命を落とす危険に陥り、それ以外に父親を救う方法はない、と彼女に思わせるのです。娘の姉たちは図々しく土産を山ほどねだったのに、娘は老人にお金を使わせまいと、バラ一輪しか頼まなかったのを私は知っています。チャンスがあれば、老人は娘の望みを叶えようとするでしょう。あなたはバラのアーチの陰に隠れていなさい。そして、彼がバラを摘みはじめたらすぐに彼をつかまえて、こう思わせなさい。図々しさの罰として殺されるかもしれない、娘のひとりをあなたに差し出さないかぎりは、あるいはむしろ、われわれの敵が定めたあの条件のとおり、娘が自分から身を差し出さないかぎりは、と。この男には、私があなたの嫁にと考えている娘のほかに、五人の娘があります。自分の命と引き替えに父親を救おうとするほど気高い者はそのなかにはいません。そういう高邁な行ないができるのはベルだけです」

私は妖精の指示を厳密に実行しました。美しい王妃よ、その成功についてはあなたも知っているとおりです。商人は自分の命を救うために、私の要求したとおりにすると約束しました。私は帰って行く彼を見ながら、商人はあなたを連れて帰ってくるか自信がありませんでした。そうなってほしいと思いましたが、そうなるだろうとは思えませんでした。商人が要求した一か月のあいだじゅう、私はどんなに苦しんだことでしょう。その期間が終わってほしいと願うのは、自分の不幸をさらに確信するためのように思われました。美しく魅力的な娘が、自分が餌食になると知りながら、勇敢にも怪物に会いに来るなんて想像できなかったのです。毅然として持ちこたえたとしても、その後、彼女は私と暮らさねばなりませんし、自分の行動を後悔することも許されません。私にはそれが乗り越えがたい障害であるように思われました。だいいち、彼女は恐怖で死ぬこともなしに私の存在に耐えられるでしょうか。

こんな悲痛な思いのなかで惨めな日々を送っていた私は、かつてないほどに哀れでした。そうするうちにひと月が過ぎ、私の守護妖精があなたの到着を知らせてくれました。盛大に迎えられたことをあなたは覚えているはずです。会話で自分の喜びを表わせなかった私は、絢爛豪華という方法でそのしるしを見せようとしたのです。私を気遣ってくれる妖精は、私があなたをどんなに恐がらせても、あなたが私にどんなに優しくしても、私の正体を知らせてはいけないと言いました。あなたに気に入られようとすることも、愛情を示すことも、胸中を打ち明けることも許されませんでした。できるのはただ無類の善良さを用いることだけでした。悪い妖精はあなたに善良さを示すのを禁じることを忘れていたからです。

この掟は私には困難に思われましたが、従うしかありませんでした。それで私は、あなたの前には毎日ほんのつかのましか現われないようにしよう、私の心が愛情に流されるのを避けるため、まとまった会話を避けよう、と決意したのです。あなたはやって来ました、魅力的な王妃よ、初めてあなたを見たときに私の内に起こったのは、私の怪異な姿があなたの内に生じさせたはずのものとは正反対の感情でした。あなたを見ることと、その瞬間にあなたを愛することは、私にとって同じことだったのです。震えながらやっとの思いであなたの部屋に入った私は、あなたが私よりも平然と私の視線を受け止めたのを見て歓喜しました。あなたが私と一緒に暮らしてもよいと宣言したとき、どんなに嬉しかったことか。これ以上ないほどおぞましい姿になってもなお自分を離れない自尊心のために、私はあなたがそれまで思い描いていたほど私を醜いと感じていないような気がしたのです。

あなたの父上は満足して出発しました。しかし私の苦しみは増すばかりでした。あなたによほど風変わりな趣味がないかぎり、私があなたに好かれることはないと思ったからです。思慮深く慎み深いあなたの態度やあなたの話、そうしたあなたのすべてからわかったのは、あなたが理性と美徳が命じる行動原理だけに従って行動していることでした。ですから何かのはずみでうまくいくことなど期待するべくもなかったのです。あなたのそばでは、妖精がわざと卑俗で子供じみたのを選んで言わせる言葉しか使えないことに絶望していました。

私と一緒に寝るという提案をあなたが受け入れるはずがないと妖精に指摘したのですが無駄でした。彼女は「辛抱して、頑張るのです、さもないとすべて台無しですよ」と答えるだけでした。妖精は私のばかげた会話の埋め合わせをするために、あなたにありとあらゆる娯楽を提供し、私にはあなたを怖がらせたり、あなたに失礼なことを言ったりする必要もなしにあなたをたえず見ていられるようにしてあげると約束してくれました。彼女は私の姿を透明にしてくれたので、同じく透明な精霊たちや、いろんな動物の姿であなたの前に現われる精霊たちがあなたに仕えるのを見て喜んでいました。

それればかりか、妖精はあなたの夢を支配し、夜間は想念のなかで、昼間は私の肖像画をとおして私の姿をあなたに見せ、夢想を介して、あたかも私が考えているかのように、私自身があなたに話しかけているかのように、あなたに話しかけさせてくれたのです。あなたは私の秘密や私の期待を漠然と知り、妖精は私の期待を叶えるようにあなたを誘導しました。至るところに置かれた鏡によって私はあなたの会話に立ち会い、あなたが夢のなかで言うことやあなたが考えることを全部そこに見ていたのです。こうした状況も私を幸福にするには不十分でした。私が幸福なのは夢のなかだけで、不幸が私の現実なのでした。とてつもない愛情をあなたから吹き込まれた私は、自由を束縛されて生きるわが身を呪いました。けれども、この美しい場所にあなたがもう魅力を感じていないと気づいたとき、私はさらに悲痛な状態に陥りました。あなたが涙を流すのを見ると、涙の一粒一粒に胸を突かれるようで、もうだめになってしまいそうでした。ここにいるのは私ひとりだけかと私に尋ねましたね。私はもう少しで偽りの愚かさを脱ぎ捨て、誓ってそのとおりだと言うところでした。そうしていたら誓いの言葉はあなたを驚かせたでしょうし、私はそう見せかけているほど粗野ではないことをあなたに気づかれていたでしょう。

あなたにそう言おうとしたまさにそのとき、あなたには見えないかたちで妖精が私の目の前に現われました。私を威圧し、怖じ気づかせながら、彼女は私を黙らせる秘策を使ったのです。ああそれは何という方法だったことでしょう。ナイフを手にあなたに近づき、ひと言でも話したら彼女の命はないと合図してきたのです。私はひどく恐ろしくなり、演じるように命じられていた愚かさに戻りました。

私の苦悩はまだ続きました。あなたが父親の家へ帰りたがり、私は迷わずそれを許しました。あなたに何かを拒むなんてできるはずがありません。ですが私にとってあなたの出発は死の一撃のようなものでした。妖精の助けがなかったら、死んでいたことでしょう。あなたがいないあいだ、献身的な妖精は私を放ってはおきませんでした。あなたが帰ってくるとは思えず気が狂いそうになっていた私を守ってくれたのです。

あなたがこの宮殿で過ごした時間は、〔美貌の王子という〕私のもとの状態を初めの頃よりも耐えがたいものにしました。あなたにそれを知ってもらう希望がなくなったので、自分はどんな人間より不幸だと感じたからです。

　私にとって何より楽しい日課は、あなたがよく足を運ぶ場所を歩き回ることでした。しかしそこにはもうあなたがいないので、ますます寂しさが募りました。夜、あなたとひとときの会話を楽しんだ時間になるとさらに悲しみが増し、切なくなるのでした。私の人生のなかで最も長く感じられた二か月がようやく終わりましたが、あなたは一向に帰ってきません。そのとき私の不幸は最悪の段階に達し、妖精の力をもってしても、私が絶望に屈するのを止められませんでした。私が自殺を図らないよう妖精はいろんな予防策を講じましたが無駄でした。妖精の力ではどうにもならない方法が私にはありました。食を絶つという方法です。彼女はその魔力によって、しばらくは私を支えられました。けれども万策が尽き果て、私は少しずつ痩せていきました。そして今際のきわまで来たとき、あなたが現われて、私を死の懐から奪い返してくれたのです。

　あなたの尊い涙は仮装した精霊たち〔物語に登場する猿たちを指す〕がくれた気付け薬よりも効果を発揮し、体から出ていこうとしていた私の魂を引き留めました。私のことが大切だとあなたが涙ながらに訴えるのを聞いて、私の幸福は充たされました。さらにあなたが私との結婚を承諾したとき、幸福は絶頂に達しました。それでもあなたに秘密を打ち明ける許可はまだ出ていなかったので、ベットは王子であることをあなたに教えられないままあなたの脇に寝なければなりませんでした。寝台に横になるや否や、私のもどかしい思いは消えました。ご存じのように、私はすぐに昏睡し、妖精と女王の到着までそれが続いたわけです。目覚めて見ると私はこのとおりで、変身がどんなふうに起こったのかわかりません。

それ以外のことはあなたもごらんになったとおりですが、私にとってまったく正当で名誉な結婚に反対する母の頑固さが私に与えた苦しみを、あなたは部分的にしか理解できなかったはずです。妃よ、私はあなたのように高潔で魅力的な女性の夫となる希望を失うくらいなら、ふたたびベットになる覚悟でいました。たとえあなたの出生の秘密がずっとわからなかったとしても、あなたを手に入れることで自分が誰より幸福になることは、感謝の念と愛情とが十分感じさせてくれたことでしょう」

王子がそう言って話を締めくくり、ベルがそれに答えようとしたとき、大きな声と武器の音がそれをさえぎりました。その音は不穏な何かを予告するものではありませんでした。ふたりが窓の外を見ますと、散策から帰ってきた妖精と女王もそちらを見ました。

その音はある人の到着を告げるものでしたが、その人の出で立ちから見て、王様に違いありません。彼を取り囲む護衛隊にも王権のしるしがはっきり見て取れましたし、その人自身の容姿から伝わってくる威厳に満ちた雰囲気は、供回りの豪華さとよく調和していました。非の打ちどころのない容姿をしたこの君主は、もう若くはありませんでしたが、青春期には比類のない美貌であったことが伺えました。お供をする十二人の衛兵と、狩りの出で立ちをした数名の廷臣は、自分たちが知らない城にいることに主人同様驚いていているようでした。王は自分の国にいるのと同じように敬意を持って迎えられましたが、一切は目に見えない者たちによって行なわれました。歓喜の叫びやファンファーレは聞こえましたが、誰ひとり目には見えなかったからです。

王が現われると、妖精は女王に言いました。

「こちらがあなたの兄上にあたる王で、ベルの父親でもあります。彼はここであなたに会えるとは思っていません。ご存じのように、娘はとうの昔に死んだと思っているので、なおさら再会を喜ぶことでしょう。彼は亡き妻を今も深く愛しています。その妻と同じようにあなたを失ったことを悲しんでいるのです」

この話を聞くと、若い妃と女王はこの王を早く抱きしめたい気持ちで一杯になりました。皆は急いで中庭に駆けつけると、ちょうど王が馬から降りるところでした。彼はやって来た人びとが誰なのかわからず、自分を迎えに出てきているのはわかりましたが、どんな挨拶をして、どんな言葉をかければいいのか迷っていました。そのとき、ベルが彼の前にさっと跪くと、その膝を抱いて、お父さま、と呼びました。

この君主は彼女を立ち上がらせ、優しく抱擁しましたが、なぜ自分をそのように呼ぶのかわかりませんでした。王の庇護を求めにきた両親のいない、虐げられたどこかの王女で、願いを聞いてほしい一心でそういう胸にしみる言葉を使ったのかもしれないと思いました。自分にできることなら何でもしてあげましょうと彼女に言おうとしたそのとき、王は自分の姉である女王に気づきました。今度はその姉が彼を抱きしめると、自分の息子を紹介しました。女王は自分と息子がベルから受けた恩義の一部を彼に語り、今終わったばかりの恐ろしい出来事の話もしました。

王がその若い王妃を称賛(しょうさん)し、その名を尋ねようとしたとき、妖精が彼の言葉をさえぎって言いました。

「娘の両親の名を言う必要がありましょうか、かつての知り合いのなかに、彼女によく似た誰かを知りませんか、彼女の両親が誰なのかはすぐに……」

「その目鼻立ちから判断するなら」と王は言い、ベルをじっと見つめるうちにも涙が溢(あふ)れ出します。

「彼女が呼んでくれた父という名は、まさに私にふさわしいものでしょう。けれども、そういうしるしがあっても、彼女を見て心が動いても、死別した自分の娘だと信じることはできません。娘が野獣に食い殺された確かな証拠を見てしまったからです。それにしても」と、彼はベルの顔を再びしげしげと見つめて言いました。「死が私から奪い去ったあの愛情深く比類ない妻にこの娘はそっくりではないか。妻との麗(うるわ)しい結婚の絆(きずな)はあまりにも早く断ち切られてしまったが、このお嬢さんをとおしてわれわれの子供に再会できるような気がするのはなんと嬉しいことだろう」

「王様、再会しているのですよ」と妖精は言いました。「ベルはあなたの娘です。彼女の出生はここではもはや秘密ではありません。女王も王子も彼女が誰なのか知っています。こちらにお呼びしたのはただそれをあなたに教えるためです。ですがこの運命的な事件を詳しく語るには場所が悪いですね。宮殿に入って少しお休みください。そのあとで、お知りになりたいことをお話しいたしましょう。世にも美しく高潔な娘との再会の喜びを十分味わわれましたら、さらにもう一つのニュースをお教えしましょう。それを知ったらあなたは同じように感激なさるでしょう。

王は娘と王子に付き添われ、サルの廷臣らの案内で、妖精が選んでおいた部屋に通されました。

その間に妖精は、彫像たちにそれまでに見たことを話す自由を返してやりました。彼らの境遇を気の毒に思った女王は、自らの手で、陽の光を再び見る喜びを取り戻させてやりたいと思いました。魔法の杖を手渡された女王は、それを使って魔女の命じたとおり空中に七つの輪を描くと、自然な声でこう唱えました。

「動き出せ、あなたがたの王は救われた」動かなかった像たちはもぞもぞと体を動かし、歩き出し、もとどおりの行動を始めました。自分たちの身に起こったことはぼんやりとしか覚えていなかったのです。

妖精と女王がこの儀式を終えて王のそばに戻ると、王はベルや王子とお喋りの最中でした。王はかわるがわる、そして特にベルを優しく抱擁し、彼女を連れ去った猛獣たちの手からどうやって救い出されたのかと、百遍も彼女に聞くのでした。ベルは、自分は何も知らないし、自分の出生の秘密すら知らなかったのだと最初から言っているのに、それを注意して聞く余裕がなかったのです。王子のほうでも、ベル王女への感謝の気持ちを百遍も繰り返しましたが、誰もその話を聞いていませんでした。彼はまた、妖精がベルとの結婚を約束してくれたことを王に伝え、この婚姻の許可をお願いしたいと思いました。そうした会話や抱擁は女王と妖精がやって来たことで中断しました。娘に再会した王は自分の幸福の大きさを知りましたが、誰のおかげでこの得がたい恩恵を得ているのかをまだ知りませんでした。

「私のおかげですよ」と妖精は言いました。「この出来事をあなたに説明すべきなのもこの私だけです。あなたにその話をして差し上げますが、それに劣らず喜ばしい知らせもあるのですよ。ですから、偉大な王よ、あなたの生涯で最良の日々のうちにこの日を数えることができるでしょう」

一同は妖精が話を始めようとしているのがわかったので、沈黙して傾注しているのを知らせました。その期待に応えるために、妖精は王に向かって以下のように語りました。

妖精の話

「王様、ここで幸福島の掟を知らないのは、ベル、そしておそらく王子だけです。ですから私はふたりのためにそれを説明しようと思います。王を含むこの島の全住民には、各人の結婚相手に関して、自分の好き嫌いだけを考慮することが許されています。なにものも、その人の幸福を妨げないようにするためです。この特別な権利に従って、あなたは狩りで出会った羊飼いの娘を選びました。娘の美しさと賢さから、あなたは娘がこの光栄に値すると考えました。

彼女以外の女性なら誰でも、たとえ身分の高い女性でさえ、あなたの恋人となる名誉を喜び勇んで受けたでしょうが、彼女の美徳はそんな申し出をありがたがることを許しませんでした。あなたは彼女を王座に就かせ、卑しい出生の彼女には考えられないような地位を与えましたが、高貴な性格と美しい魂ゆえにその地位は彼女にふさわしかったのです。

覚えておいでしょうが、あなたにはいつも彼女を選んでよかったと思う理由がありました。彼女の優しさ、心遣い、そしてあなたへの愛情は、その姿の美しさに劣りませんでした。しかしあなたが彼女を見る喜びは長くは続きませんでした。彼女がベルを生んであなたが父親になったあと、あなたは国境への旅を強いられました。反乱の気配があるとの連絡があり、それを未然に防ぐためでした。その間にあなたは大切な妻を失ったのです。彼女の美しさが抱かせる愛情に加えて、彼女のたぐいまれな資質にこの上ない敬意を抱いていたあなたにとって、それは大変な衝撃でした。非常に若く、出自のせいで教育もほとんど受けていませんでしたが、あなたは彼女に完璧な思慮深さを認めていましたし、彼女があなたに与える賢明な助言や、種々の計画を成功させるために彼女が編み出した急場の策は、いかに有能な臣下をも驚かせたものです」

　この立派な妻の死は依然として記憶に新しく、なお傷心を癒やされずにいた王は、この話を聞いて、あらたにこみ上げる悲しみを隠すことができませんでした。妖精は王がこの話にほろりとしたのを見て言いました。

「あなたの情の深さをみて、この幸福にふさわしい方であったことがよくわかりました。悲痛な思い出をこれ以上掘り起こすつもりはありません。ですがこれだけは知っていただきたい。この自称羊飼いは妖精で、私の妹なのです。幸福島がすてきな国だと聞き、その掟やあなたの穏健な政治のことを知った彼女は、それを自分の目で見たいと思ったのでした。

羊飼いの服装は、一時的に田園生活を経験するために彼女が用いた唯一の偽装でした。あなたはそこで彼女に出会ったのです。彼女の優美さと若さにあなたは惹かれました。妹は、あなたの容姿に表われているのと同程度の魅力があなたの精神にもあるか知りたいと思い、迷わずその思いを実行に移しました。彼女は自分の資質や妖精としての能力に自信がありましたから、あなたの熱意が度を超して迷惑になったり、自分が装う羊飼いという身分のせいで、あなたが彼女になれなれしくしても許されると思ったりしても、妖精の能力がいつでも思いどおりにそういうものから自分を守ってくれるだろうと思っていました。あなたから吹き込まれるかもしれない感情を警戒することもなく、貞潔な自分が愛の罠に落ちるはずがないと思い込んでいた妹は、あなたに対して感じた気持を、単なる好奇心のせい――虚飾は粗野な人びとの目に、美徳を実際より輝かしく尊敬すべきものに見せてしまうもので、それが悪く働くと、世にもおぞましい悪徳さえしばしば美徳の名を名乗るようになるものですが、そんな虚飾のない美徳を愛せる人が今もこの世の中にいるのか知りたい、という好奇心のせいにしていたのです。

そんな思い込みをした妹は、最初に計画していたとおり、妖精の駆け込み寺に逃げ込むどころか、人里離れた場所に拵えた掘立て小屋で暮らそうとしました。あなたはそこで彼女とその母親役の幻に出会ったのです。表向きふたりは羊の群れと称するもので生計を立てていましたが、羊は変装した妖精でしかなく、オオカミを怖がることもありませんでした。この場所であなたは妹に尽くしたので、結果はあなたの思いどおりでした。妹は王からの結婚の申し込みを断れなかったのです……当時あなたはご自分が妹からどれほどの恩義を得ているのかよくわかっていましたが、妹のすべてがあなたのおかげであるようにも思われ、妹にはそんな誤解をしたままでいてほしいと願っていました。

　これでおわかりのように、妹は野心からあなたの願いに同意したのではありません。ご存じのとおり、私たち妖精にとってはどんな強大な王国も、誰かに自由にプレゼントできる財産にすぎません。しかしあなたの高潔なふるまいに関心を持った妹は、これほど高邁な男性と結ばれたら幸せだろうと思い、結婚話にのぼせ上がって、自分が陥ろうとする危険のことは考えもしませんでした。というのも、私たちの掟は、妖精の権能を持たない者との結婚を一律に禁じているからです。年功を積んで他の妖精たちに影響力を持つようになり、ことを取り仕切る資格を行使できるようになるまではなおさらです。

　それまで私ら妖精は年輩の妖精たちに従属し、能力の濫用を防ぐため、自由に結婚できる相手は霊的存在か少なくとも私たちと同等の権能を持つ賢者かに限られています。もっともベテランに達したあとは、どんな相手と結婚しようが自由ですが、この権利が実際に用いられることはほとんどありません。そういう侮辱をめったに容認しない妖精界では、スキャンダルになるのは必至ですし、まして年老いた妖精の場合、その非常識なふるまいにはきまって高い代償が伴います。老妖精は若い結婚相手からばかにされているので、直ちに処罰されなくても、相手の不品行によって十分罰せられますし、その仕返しをすることは許されないからです。

　私たちが科す罰はそれだけです。彼女らの愚かな行動の後にはたいていいつも不愉快なことがあるので、敬意や心遣いを期待した非・妖精界の相手に私たちの有利な秘密を教えたい、という思いは失われてしまいます。私の妹のケースはそれとはまったく異なります。愛されるのに必要なあらゆる資質を備えていた彼女に足りなかったのは年齢だけでした。けれども彼女は自分の愛情のことしか考えなかったのです。結婚のことは秘密にできるだろうと高をくくり、実際しばらくのあいだはそうできていました。私たち妖精には不在の妖精が何をしているのか調べる習慣はほとんどありません。めいめいが自分の仕事に専念し、世界中に散らばって好きなように良いことや悪いことをし、そこから帰ったときにも、自分たちの行ないを報告する義務はありません。ただし、世間を騒がせるような行動を取ったり、不等な迫害に苦しむ人びとに同情した優しい妖精が訴えを起こしたりした場合は別です。さらにまた、思いがけないことが起こって、大全書を調べる必要が生じた場合も別です。私たちの全行動は、それが起こる瞬間に、この書に自動的に書き込まれていくのです。そうした機会を除けば、集会に出る義務は年に三度だけで、移動も簡単にできますから、義務を果たすため二時間も出席すれば足りるのです。

「王座を照らす義務」（私たちはこの当番をそう呼んでいます）が回ってきたとき、妹はあなたのために、前々から狩りや娯楽旅行を準備したものです。あなたが出発してしまうと、体の不調を装ってひとりで部屋にこもったり、手紙を書くとか休むとか口実をつけたりしました。あなたの宮殿でも、妖精界でも、彼女が必死に隠そうとしていたことに気づく者はいませんでした。私は事情を知らされていましたので、何かあったら大変なことになると警告したのですが、彼女はあなたのことをとても愛していたので、自分の行動を改められませんでした。私に対しては自分を正当化しようとさえして、私があなたに会いに来ることを強く求めました。お世辞抜きに申し上げますが、私は王様のお姿を見て、あなたに溺れた妹に賛同するところまではいきませんが、不満はだいぶ薄れ、彼女を匿いたいという熱意をかきたてられました。妹の不正は二年間知られずにいましたが、とうとう発覚しました。私たちは宇宙のあらゆる場所で一定数の善行を施す義務があり、それを報告しなければなりません。妹はその報告の際に、幸福島における、幸福島のための善行しか報告できなかったのです。

虫の居どころが悪い妖精たちが妹のやりかたを非難すると、それにつられて妖精の女王も、なぜ世界のなかのほんの小さな場所だけで善行をするのかと彼女に尋ねました。若い妖精は大いに旅行して妖精の力と意志を世界中に知らしめねばならず、それを知らずにいるなど許されないことだからです。

この掟は新たに作られたものではないので、妹には文句を言う理由も、従わない口実もありませんでした。彼女は掟を守ることを約束しました。けれどもあなたに早く会いたくてたまらず、自分の留守が知られるのではないかと心配で、王座にいながら秘密の行動をするのは不可能でしたから、義務を果たせるほど長く頻繁に出かけることはできませんでした。そのため次の集会でも、幸福島の外にたった十五分いたことさえ証明できませんでした。

彼女に腹を立てた妖精の女王は、妹がこれ以上掟を破るのを妨げるため幸福島を破壊すると脅しました。この脅しは彼女を非常に動揺させたので、いかに鈍感な妖精でも、あなたの妻がこの運命的な島に対してどれほどの感情を抱いているかを理解しました。そのとき、王子様を怪物の姿にしたあの邪悪な妖精が、狼狽する妹を見て思いつきました。大全書を繙けば、自分の悪意を発揮するための重要で有効な理由が見つかるだろうと。彼女は声を荒げて言いました。

「あれを見れば真実が明らかになる、彼女が本当は何をしているのかわかるだろう」

そう言うと、妖精はそれまで二年間の出来事ぜんぶを会衆全員に見せ、大きなはっきりとした声でそれを読み上げました。

不釣り合いな結婚のことがわかると、妖精たちはみな奇声を発し、悲嘆に暮れる妹を容赦なく咎めたてました。彼女は妖精界の身分を剝奪され、懲役刑に処せられたのです。過ちに対する制裁が一つ目の罰だけなら彼女も諦めがついたのですが、それより恐ろしい二つ目の罰のために、いずれの罰も耐えがたいものになりました。妖精という高い地位を失うのは痛手ではありませんでしたが、あなたをこよなく愛していた妹は、「どうか身分の剝奪だけでお許しください、夫と愛娘とともに、ただの人間として生きてゆく幸せだけは取り上げないでください」と涙ながらに訴えるのでした。

若いベテラン妖精たちは妹の涙と懇願に心を動かされました。皆のつぶやきを聞いた私は、その場ですぐに意見を募れば、懲戒処分で済むに違いないと思いました。しかし、女王が意見を説明したり、他の妖精のように女王も哀れみの情に動かされているのを皆に知らせたりする時間はありませんでした。最年長者のひとりで、よぼよぼな姿のために「いにしえ婆」と呼ばれている妖精が現われたのです。

「この罪を黙認してはならない」と憎むべき老妖精はしわがれ声で叫びました。「罰せられなければ、私らは毎日のように同じ侮辱にさらされるだろう。これには妖精界の名誉がかかっているのだ。哀れなこの女は俗世にしがみつき、臣下から見た王の高みより百倍も高い地位に上げてくれるこの高位の喪失を何とも思っていない。愛情も恐れも欲望もその卑しい家族のほうへと向かっているのなら、この急所を利用して彼女を懲らしめるべきじゃないか。夫は彼女を失って辛い思いをするがいい。あさましい愛の恥ずべき結晶である娘は、父親のはかなくもくだらない美貌に惑わされた母親の過ちを償わせるために、怪物と結婚するがいい」

この過酷な判決は、情状酌量のほうに傾いていた大勢の妖精たちの心を引き締めました。同情する妖精は少数で、全体の議決に対抗できるほどではなかったため、妹は厳罰に処され、女王自身も、胸を痛めた表情から厳しい態度に戻ると、邪悪な老妖精の意見を賛成多数で承認しました。その間、血も涙もない判決の取消しを求めていた妹は、裁定者らの心を動かし、結婚を許してもらうために、あなたについて、非常に魅力的な人物描写をしてみせたので、王子の養育係だった妖精（あの書物を繙いたあの妖精です）の心に火をつけてしまいました。芽生え始めたその愛は、よこしまなこの妖精があなたの哀れな妻に対して抱く憎しみを倍増させるばかりでした。

妖精はどうしてもあなたに会いたいという気持ちを抑えられなかったので、あなたは妹がしたような犠牲を妖精が捧げるほどの人なのか知りたいという口実で、恋愛感情をごまかしました。彼女は王子の後見を任されしていましたし、同じ集会でそのことを認めてもらっていましたから、王子のそばに守護妖精とそれよりも下位で目に見えないふたりの妖精をつけて留守中の万全を期すことを巧妙な愛が思いつかなかったら、王子を放置することはできなかったでしょう。そういう手はずを整えると、彼女はただ欲望の赴くままに、幸福島へと向かいました。

いっぽう、囚われの身となった王妃の侍女や廷臣らは、彼女が秘密の部屋から出てこないのに驚き、不安を覚えました。王妃から邪魔を厳禁されていた彼らは、ノックもせずに一晩過ごしましたが、ついにどんな考えより心配がまさったので、激しくドアを叩きました。しかし何の返事もなく、王妃に何か起こったのだと確信してドアを破りました。あらゆる不吉なことを覚悟していた彼らは、王妃がいないのを見て唖然としました。王妃の名を呼び、探し回るのですが、見つかりません。王妃の不在がもたらす絶望感を和らげてくれるものは何もありません。いろんな推理をしましたが、どれも同じように非常識でした。王妃が自分から逃亡したとは考えられません。王国内で彼女にできないことはありませんし、あなたが彼女に与えた至高権に異議を唱える者はまったくいなかったからです。誰もが嬉々として王妃に従っていました。あなたがたふたりは互いに深く愛し合い、王妃は娘を愛し、臣下を愛し、愛されていましたから、彼女が逃げ出したとは考えられませんでした。彼女にとって、それ以上の幸福がどこにありましょう。それにまた、宮殿の奥で護衛に守られた王妃をさらうことが誰にできましょう。たとえできたとしても、誘拐者らがどこを通っていったかはわかったはずです。

詳しい状況はわかりませんが、不幸が起こったのはたしかでした。さらに危惧されるもう一つの不幸がありました。それは、王様あなたがこの致命的な知らせをどのようにお聞きになるかということでした。王妃の侍衛たちに罪はないとはいえ、あなたの当然の怒りがもたらす結果を恐れずにはいられませんでした。あなたの国から逃亡することで、犯してもいない罪をかぶるか、あるいはこの不幸をあなたに隠す手立てを見つけるかする必要がありました。

いろいろ考えた末に思いついたのは、王妃が亡くなったとあなたに思い込ませることだけでした。すぐにそれが実行されました。王妃が病に倒れたことを知らせる使者が送られ、その数時間後に第二の使者が出発し、あなたに王妃の死を伝えました。それは愛情ゆえにあなたが大急ぎで駆けつけてこないようにするためでした。あなたが現われたら、皆の身の安全を確保するための措置が台無しになっていたでしょう。執り行なわれた葬儀は、王妃の身分、あなたの愛情、彼女を敬愛し、あなたと同じように心からその死を悼んだ臣民の哀惜の念にふさわしいものでした。

この痛ましい出来事は、あなたにはずっと秘密にされていましたが、幸福島の誰もが知っていました。王妃が失踪した当初の驚きのせいで、この不幸な出来事は誰もが知るところとなっていたからです。あなたは王妃を愛したのと同じだけその死を悲しんだので、王女をそばに呼び寄せることでしか悲しみは和らぎませんでした。この幼子の無邪気な愛撫だけがあなたの慰めでしたから、あなたはもう彼女から離れようとはしませんでした。王女はじつに魅力的で、会うたびに母親である王妃の生きた肖像画を見るようでした。大全書を繙いて妹の結婚を暴露し、すべての混乱の第一原因を作ったあの憎らしい妖精は、やって来てあなたに会い、好奇心を満足させました。あなたの存在は妖精の心に、あなたの妻が感じたのと同じ効果をもたらしました。妖精はそのことで彼女を許す気にはなりませんでしたが、同じ過ちを犯したいと思うようになりました。姿を現わさずにいた彼女は、慰められないあなたを見て、そばを離れる気持ちになれませんでした。自分の恋愛が実るとは思えず、計画がうまくゆかないうえにあなたの軽蔑という屈辱を味わうのを恐れて、名乗りを上げる勇気がなかったのです。その一方で、姿を現わす必要があると考えた彼女は、頭を働かせれば、あなたが彼女を見ることに慣れるように、そしておそらくは彼女を愛するようにできるだろうと考えました。あなたと会って話がしたい、そのために、そこそこの体裁であなたの前に出る方策はないものかと考え抜き、とうとうそれを見つけました。

　隣国に、夫を殺され、国を横取りされて追い出された王妃がおりました。気の毒なこの王妃は、身を寄せる場所と仕置人を探して世界中を駆け回っていました。妖精はその王妃を誘拐し、確かな場所に連れて行くと、眠らせてその姿を奪い取ったのです。王様、あなたがご覧になったとおり、変装した妖精はあなたの足下に身を投げ出すと、庇護を求めて言いました。「夫を殺した者に罰を与えるためです。あなたが王妃の死を悼んでいるように私も夫の死を悼んでいます」また彼女は「私がこうして動いているのはひとえに夫婦愛のためですから、愛しい夫の復讐をしてくれた人には喜んで王座を譲るつもりです」と宣言しました。不幸せなふたりは互いに憐れみ合いました。彼女が愛しい伴侶の死を悼んでいるだけにますますあなたはその悲しみに共感し、彼女もあなたの涙を見ては涙し、たえず女王のことを話題にしました。あなたは彼女を庇護し、彼女が表向きはそう望んでいたとおり、反逆者や簒奪者らを懲らしめて、まもなく彼女の王国と称するものを取り戻してあげました。しかし彼女はそこへ帰ろうとも、あなたから離れようともしませんでした。高潔なあなたはその王国を受け取ろうとしなかったので、彼女は自分の身の安全のために、王国を彼女の名義で統治しておいてほしい、そしてあなたの宮廷で暮らすことを許してほしいとあなたに懇願しました。この願い事もあなたは断れませんでしたね。彼女は娘の養育に必要な人だとあなたは思っていました。抜け目のないこのメガイラは、娘があなたの愛情を一身に集めているのを知っていたので、娘を溺愛するふりをし、その子をいつも腕に抱いていました。あなたから頼まれるより先に、彼女のほうから娘の教育を担当させてほしいと懇願し、自分は愛しいこの娘だけを自分の相続人としたい、娘は我が娘となり、自分が愛情を注ぐ唯一の対象となるだろう、その子は夫とともに亡くなった子供の死を思い出させるから、と言うのでした。

彼女の提案は非常に好ましく思われたので、あなたは迷わず王女を彼女に託し、全権を与えさえしました。彼女は完璧に任務を果たし、才能と愛情の力であなたから全幅の信頼を置かれるようになり、あなたも優しい妹に対するような愛情を彼女に注ぎました。それでも彼女は満足しませんでした。そうした世話の目的はただあなたの妻になることだったからです。彼女は手を尽くして目的を果たそうとしました。けれども、たとえあなたが最も美しい妖精の夫ではなかったとしても、彼女の容姿は恋心を抱かせるようなものではありませんでした。彼女が借りていた姿は、策を巡らしてその座を奪おうとしたその人の姿とは比べものになりませんでした。非常に醜く、生まれたときから醜かったので、美貌を借りようとしても年に一日以上は続かなかったのです。

彼女はこの屈辱的な経験をとおして、成功するためには美貌以外の手段に訴えるしかないと悟りました。密かに陰謀を巡らせ、臣民や有力者たちがあなたに妻を娶るよう懇請するように、また自分が指名されるように仕向けたのです。けれども、あなたの気持ちを探ろうとして彼女が怪しげな言葉を口にしたために、あなたはしつこく煩わしい請願の出所を簡単に見抜きました。あなたは自分の娘に義母を与えるような話も、娘を王妃の下位に置くことで王国の第一の位だけでなく王位継承の確かな希望をも娘から奪う立場に王を立たせるような話も聞きたくないときっぱり言いました。さらにあなたはこの偽女王に向かって、何も言わずにさっさとお国にお帰り願いたいとも言いました。帰国後も、忠実な友人や献身的な隣人としてできる手助けは何でもしましょうとあなたは約束しました。しかし彼女が進んでその通りにしなければ、それを強制される恐れがあることを匂わせもしました。

愛を完全に遮断された彼女は激怒しましたが、まったくの無関心を装ったので、あなたは次のような言葉を信じました。

「このことを企てたのは野心のためでもありますが、のちのち、あなたに国を奪われるかもしれないと恐れたからでもあります。国を受け取ってほしいと熱心に申し出たにもかかわらず、あなたは私の真意を知ろうともせずに、申し出は本心ではないと思い込んだのですから」

表には出しませんでしたが、彼女は激しく憤っていました。これほど名誉な仕方で帝国を広げる特権を放棄するのは、あなたにとって政治より大切なベルのせいだと確信した彼女は、あなたの妻にそうしたようにベルを激しく憎悪し、ベルを厄介払いしようと決意しました。ベルが死ねば、あなたの臣下たちは前のように請願をして、あなたが世継ぎを残せるよう再婚を迫るだろうと思ったのです……老女は子供を産めるような年齢ではありませんでしたが、そんないんちきは彼女にとっては何でもありませんでした。彼女が姿を借りているもとの女王はまだ子供をたくさん産めるほど若く、その醜さは王家の政略結婚の障害になるほどではなかったのです。

あなたの厳粛な宣言にもかかわらず、かりにあなたの娘が死亡し、諮問会議が繰り返し嘆願を続けるなら、あなたは譲歩するだろうと考えられていました。そうなったらあなたはこの偽女王を選ぶだろうと思われていましたから、大勢の人たちが彼女の周りに集まっていました。そういうわけで、彼女はその追従者のひとりの助けを借りて、あなたの娘を厄介払いすることを計画しました。その者の妻も彼と同じく心が卑しく、妖精と同じぐらい意地悪でしたが、その女を幼い王女の養育係にしたのです。連中はベルを窒息死させ、突然亡くなったことにしようと決めました。残忍な処刑が誰かに目撃されないよう、万全を期すために、この殺人を近くの森のなかですることにしました。そのことは誰にも知られないだろうし、遠くにいたという正当な理由があるので、娘が息を引き取る前に助けを求めなかったと非難されるはずもないだろうと踏んでいました。養育係の夫はベルが死んだあとに助けにくることになっており、何も疑われないようにするため、彼らの欲望の犠牲となる幼子を放置した場所に戻った際には、娘の救いようのない状態を見て驚いてみせることになっていました。しかも、自分が装うべき悲しみや驚きを彼はあらかじめ練習していたのです。

　かわいそうな妹は、妖精としての能力を剥奪され、過酷な牢獄での苦役を言い渡されたとき、あなたを慰めてあげてほしい、娘の安全に目を光らせてほしいと私に頼みました。妹に言われるまでもなく、私たち姉妹の絆と、彼女が私に感じさせる哀れみの情だけで、私があなたがたを庇護したくなるには十分でした。妹の願いを叶えようとする私の熱意は、妹から要請されてもされなくても同じだったのです。

　私はできるかぎり頻繁に、慎重さが許す範囲であなたに会っていましたが、敵の疑惑を招くような危険は冒しませんでした。さもないと、私は妖精界よりも姉妹愛を優先させ、罪を犯した一族を庇護した妖精として告発されていたことでしょう。私は、不幸な境遇にある妹を見放したのだと全妖精から思われるように、できるかぎりのことをしました。そうすればもっと簡単に彼女を助けられると思ったのです。あなたの陰険な求愛者の行動には、私自身も、私に従う精霊たちも気をつけていたので、その恐ろしい意図はお見通しでした。私にとって腕力でそれに対抗するのは無理でしたし、彼女から幼い娘を託された夫婦を消すのは簡単でしたが、用心のためそれはしませんでした。たとえあなたの子供を私が連れ出したとしても、抜け目ないあの妖精が奪い返しに来たら、私は娘を守れなかったでしょう。私たち妖精のあいだには、年輩の妖精と闘うためには千歳のベテランに達しているか、あるいは少なくともヘビになった経験がなければならないとする掟があるからです。

ベテランに達していない妖精が冒す危険のことを、私たちは「恐ろしき日々」と呼んでいます。それを試みようとして戦慄を覚えない者はありません。私たちは長いこと悩んではじめてその危険を冒す決心をするのです。時をやり過ごしてベテランに達するのを待つより、その前に大半が命を落とすこの危険な方法でことを起こす者は、憎しみ、愛、復讐などの差し迫った理由がない限り、ほとんどおりません。私はそれをしたのです。千歳に達するまでまだ十年残っていた私には、策を弄する以外に手はありませんでした。その策が成功したのです。

私は見るも恐ろしい熊の姿になって、おぞましい処刑のために選ばれた森に隠れていると、卑劣漢らが、残忍な命令を実行しにやって来ました。女は、腕に抱いた女児の口に、もう手をあてがっています。そこに私は襲いかかりました。女はびっくりして大切な荷物を落としましたが、そんなことでは済まされません。彼女の腹黒さに憎悪をもよおした私は、姿を借りていた獣の狂暴さを吹き込まれました。私は女の首を絞めて殺し、一緒にいたあの裏切り者も同じようにしました。そして急いでベルの衣服を剝いで敵たちの血にそれを浸すと、彼女を連れ去りました。王女が命拾いをしたと思われないように、私は念のためその衣服のあちこちを破って森の中に散乱させると、ことがうまく運んだことに満足しながら立ち去ったのです。

妖精は命じたとおりになったのだと思いました。ふたりの共犯者が死んだのはむしろ好都合でした。

自分以外に秘密を知る者がなくなりましたし、どのみちふたりには、私がしたのと同じことを、罪深い仕事の報いとして、味わわせるつもりだったのです。彼女にとってもう一つ幸いだったのは、遠くからこの一行を見ていた羊飼いたちが助けを呼びに走り、卑劣な者たちが息絶える前にやって来たので、彼女がこの件に関わっているという疑念が解消されたということです。

一連の出来事は私の計画にとっても好都合でした。邪悪な妖精は普通の人びとと同じようにそれを受け止めました。事件はまったく自然に思えたので、妖精はそれ以上そのことを疑わなかったのです。彼女が魔法を使って確認しようともせず、安心しきっているのはありがたいことでした。彼女が幼いベルを取り戻す気になったら、私に勝ち目はなかったからです。あなたに説明した理由によって彼女が優位に立っているだけでなく、子供をあなたから託されているという点でも彼女のほうが優勢でした。あなたは自分の権威を妖精に与えていましたから、それに対抗する力を持っているのはあなただけでした。あなた自らがベルを彼女から取り上げないかぎり、ベルが結婚するそのときまで、妖精がベルに課す掟を免れさせられるものはなかったのです。

そういう心配から解放された私は、いにしえ婆が私の姪に怪物と結婚する罰を与えていたのを思い出して新たな心配にさいなまれました。けれどもベルはまだ三歳にもなっていなかったので、じっくり検討すれば、この呪いがそのとおりにならないよう、呪いを無力化する方法が見つかるだろうと高をくくりました。考える時間はたっぷりありましたから、私の大切な獲物を安全に隠せる場所を見つけることに専念しました。
秘密にすることが絶対必要なので、私は彼女に城を与えたり派手な魔法を使ったりしませんでした。そんなことをすれば敵に気づかれてしまうでしょうし、それで彼女が不安になれば、その結果は私たちにとって命取りになったでしょう。そこで私は地味な服装で出かけ、善人そうな、彼女に快適な暮らしをさせてくれそうな人に出会ったらその人に彼女を託すことにしました。

運良く私の計画はうまく運びました。まったく思い通りのものが見つかったのです。小さな集落に、戸が開け放しの小さな家がありました。藁葺きのその家に入ってみると、暮らし向きの良い農家のようでした。ランプの光のおかげで、百姓女が三人見え、そばには里子のものと思われるゆりかごがありました。部屋の簡素さとは対照的に、子供の身の回りは贅沢なものばかりです。見たところその子は病気で、子守の女たちが眠り込んでいるのは看病疲れのせいのようでした。私は病気を癒やしてあげるつもりで、音を立てずに近づきました。目を覚ました女たちが不思議と回復した子供を見て驚く様子を想像するとわくわくしました。健康を吹き込んであげようと、急いで子供をゆりかごから抱き起こしました。しかし、私の善意は無用でした。手を触れたちょうどその瞬間に、子供は息を引き取ったのです。

その死の瞬間に、私は思いつきました。これを利用しよう、運良く女の子だったら、姪とすり替えようと。運良く私の願いどおりでした。この巡り合わせに感謝しつつ、私はさっそく子供をすり替え、亡くなった女の子を運び出して埋葬しました。それからその家に戻ると、戸を叩いて眠っている女たちを起こしました。

私はわざと訛りのある言葉で、よそから来た者だが、一晩泊めてほしいと頼みました。女たちは快く承諾し、そして子供を見に行くと、子供は穏やかに、まったく健やかな様子で眠っています。女たちは喜び驚きました。私が彼女らの目に魔法をかけておいたので、騙されているのに気づかなかったのです。

女たちが言うには、その子は裕福な商人の娘で、三人のうちのひとりが乳母を務め、離乳後に家族に返しましたが、そこで病気になったので、田舎の空気が直してくれるだろうと父親が再び送ってきたということでした。さらに女たちは娘を見ながら、試した薬がうまくいった、その子を返す前にいろいろな薬を試したなかで、一番効き目があった、と嬉しそうに言いました。彼女らは父親を早く喜ばせてあげようと、夜が明けたらすぐに娘を父親のところへ連れ戻すことにしました。それはまた、相当な報酬を当てにしているからでもあります。娘の上にまだ十一人も子供がいましたが、商人のその子への愛着は非常に強くなっていたからです。

日が昇ると女たちは出かけていき、私のほうも、姪をよい家に送り込んだことを喜びながら、旅を続けるふりをしました。娘の安全をさらにたしかなものとするため、そしてまた、この「父親」とその娘を強い絆で結びつけるため、私は占いをして歩く女の姿になって、乳母たちが娘を送り届けたそのときに商人の家へ行き、一緒に中に入りました。商人は嬉々として皆を迎え入れ、幼い娘を腕に抱くと、父親としての愛情に騙されてか、娘の姿を見て自分のはらわたが動いたと強く確信しました。それは善人気質ゆえの心の動きでしたが、彼は自然がそうさせたのだと思い込んだのでした。私はこの瞬間をとらえて、商人が感じていると思い込んでいる愛情をさらに増し加えようとしました。

「この子を見てごらん、親切な旦那さんよ」と、私は、私が扮（ふん）する種類の人たちのいつもの話し方で商人に言いました。「この子はあんたの家に大きな名誉をもたらすだろう、あんたに莫大な富をもたらすだろう、あんたと、あんたの子供たちみんなの命を救うだろう。この子はそれはそれは美しくなって、彼女を見る誰からも美女（ベル）と呼ばれるだろう」

この予言の褒美として商人から金貨を一枚もらうと、私は満足してその場を辞（じ）しました。それ以上アダムの子孫のところにいる必要はなかったので、私は自由な時間を利用して妖精王国へ行き、しばらくそこに留まることにしました。ゆっくり妹を慰めることに専念し、大切な娘の近況を伝え、あなたが妹を忘れるどころか、かつてと変わらぬ愛情をもってあなたの思い出を大切にしていることを知らせました。

偉大な王よ、あなたが今度は子供を奪われるという不幸に見舞われ、その母親を失った悲しみをあらたにしていたとき、私たちはこういう状況にあったのです。この事件のことで娘を託した相手を非難する確証はないとはいえ、あなたは彼女に厳しい目を向けずにはいられませんでした。たとえ彼女に罪があるように見えないにしても、その事件を招いた不注意という事実に関しては、彼女は弁明の余地がなかったからです。

あなたの激しい悲嘆が少し落ち着いてくると、あなたが結婚できない理由はもうないと思った妖精は、密使（みっし）を使って新たに結婚の提案をさせました。しかしあなたは、以前と同様、再婚の意図がないばかりか、たとえ気が変わったとしても、彼女とすることは絶対にない、と宣言したので、彼女はようやく目を覚まし、強烈な屈辱を味わいました。さらにあなたは、即刻王国から退去するようにと彼女に命じました。彼女がいると娘を思い出し、悲しみがぶり返すからというのが表向きの理由でしたが、一番の理由は、彼女が目的を果たすためにひっきりなしに企てる策謀をやめさせたいからでした。

彼女は憤りましたが、復讐もできずに従うしかありませんでした。ところで私は、ベテラン妖精のひとりにあなたを守るよう頼んでおきました。彼女はベテランであることに加え、四回もヘビになっていたので、その力は絶大でした。ヘビになるのはきわめて危険なだけに名誉なことですし、それによって権能が倍加されるからです。この妖精は私のためにあなたを庇護し、逆上するあなたの求愛者があなたに手を出せないようにしてくれたのです。

この出来事は彼女がその姿を借りていた女王にとって好都合でした。妖精は女王を目覚めさせ、その容姿を利用して行なった犯罪のことは伏せ、その行ないのすばらしい部分だけを知らせました。女王のためになったことや苦労を免除してあげたことは忘れずに強調しました。そして女王が自らその人物としてありつづけられるように、持ちこたえるための有益なアドバイスを与えたのです。その頃のことです、あなたのつれなさを忘れるために妖精［＝老妖精］が王子のもとに戻り、再び世話を始めたのは。王子をかわいがり、愛しすぎてしまった彼女は、王子から愛してもらえなかったので、自分を怒らせるとどうなるのかを王子に思い知らせたというわけです。

そのあいだにも、私がベテランに達するときが少しずつ近づき、私の力は増していきました。けれども、妹とあなたを助けたい私は、自分の力はまだ不十分だと思わざるをえませんでした。友情の真摯さゆえに「恐ろしき日々」の脅威を軽視していた私は、それを乗り越えようとしました。私はヘビになり、首尾よくもとの姿に戻りました。それによって私は、悪辣な妖精が虐げている人たちを堂々と助けられるようになったのです。あらゆるケースで有害な魔法を解くのは不可能でも、だいたい成功しますし、少なくとも私の権能や助言によって魔法の効果を緩和することはできるようになりました。

姪は私が全面的な恩恵をかけてあげられないタイプのひとりでした。私が関心を寄せていることを伝えられないので、商人の娘のままでいてもらうのがよいと思われました。私はいろんな姿を取って彼女に会いに行っては、いつも満足して帰ってきました。彼女の美徳と美貌はその才気に見合っていました。十四歳にしてすでに、彼女は「父親」が経験した幸運や不運のなかで、驚くほど毅然とした態度を見せていました。どんなに過酷な試練も彼女の心の平安を乱すことがないのを知り、私は陶然としました。それどころか、彼女は持ち前の明るさと朗らかな会話によって、父親や弟にも心の平安を取り戻させるように努めていました。私は彼女がその血筋にふさわしい心根を持っているのを知って嬉しく思いました。けれども、それほど申し分ない人物が怪物と結ばれる運命にあることを思うと、喜びに恐ろしい苦悩が入り混じるのでした。私は机に向かい、昼も夜もそんな途方もない不幸から彼女を救う方法を探求しましたが成果はなく、何一つ思いつかないことに絶望するのでした。

そういう不安はありましたが、私はあなたのもとにたびたび足を運びました。自由がないあなたの妻が、あなたに会いに行ってほしいとたえず私に頼んだのです。私たちの友の庇護があるにもかかわらず、あなたを思い、不安に怯える妹は、私があなたから目を放すようなことがあれば、その瞬間に敵は怒りを爆発させ、それがあなたの最後の時となると思い込んでいたのです。こうした不安にさいなまれていた妹は、私に休む暇をほとんど与えてくれませんでした。あなたの近況を報告しに行くたびにまた行ってきてほしいとしきりにせがむので、断れなかったのです。

妹の不安に胸を痛めた私は、彼女のための骨折りを免れたいというよりはむしろ妹の不安を終わらせたいと思い、残忍な妖精が私たちにしたのと同じ手で仕返しをしようと、大全書を開いてみました。幸いにもその頁は、彼女が女王や王子と話し合ったときのもので、王子が変身させられるところで終わっていました。ひと言ひと言を注意深く読んだ私は、たとえようもない喜びに満たされました。敵は確実に復讐しようとするあまり、怪物との結婚を強制することで、いにしえ婆がベルに与えた害悪を、そうとは知らずに自ら帳消しにしていたことがわかったからです。さらに幸いなことに、彼女は私のためにわざとそうしてくれたのではないかと思えるほど好都合な条件をつけていました。妹の娘が最も純粋な妖精の血を引くにふさわしいことを彼女に知らせる機会を与えていたのです。

私たち妖精のあいだでは、普通の人間が三日かかっても言えないようなことも、たった一つのしるし、ほんの小さなしぐさで表現できます。私は軽蔑的な態度でひと言発するだけで、会衆は理解しました。敵の裁判は彼女自身が十年前にあなたの妻に対して下させたのと同じ判決によってすでに結審しているということを。当時の妹の年齢で恋の過ちを犯すのは、高齢に達した一流の妖精が同じ過ちを犯すより自然なことだと思われました。私はこの老いらくの恋に伴う下劣で邪悪な行ないを論じ、それほどの汚辱が罰せられずにいたら、妖精がこの世にいるのは自然を損ない、人類を苦しめるためでしかなくなると指摘しました。例の書を示しながら、私は自分の短い演説を「ご覧ください」のひと言に凝縮しました。その演説はそれでも十分威力がありました。さらに私の友人たちは、若い者もベテランも、恋する老妖精をそれにふさわしい仕方で処罰しました。彼女はあなたと結婚できませんでしたが、この罰に妖精の身分剥奪という不名誉が加えられ、幸福島の女王と同じように罰せられたのです。

　この会議が開かれたのは彼女があなたと一緒にいたときでした。彼女が出頭するとすぐに、判決が言い渡されました。私はその場に立ち会えたことを嬉しく思いました。その後、その書物を閉じると、あなたが沈もうとしていた絶望の淵からあなたを引き上げるため、私は大急ぎで妖精国のある大気の中間域から下界へと下りて行きました。この移動をするのに、あの簡潔な演説をしたとき以上の時間はかかりませんでした。私は十分早く到着したので、あなたを救うことを約束することができました。私がそう約束したのにはさまざまな理由がありました。あなたの美徳、不幸、それに」と、妖精は王子のほうに向き直って言いました。「〔老妖精の呪いが〕ベルの有利になることがわかった私は、あなたの内にうってつけの怪物を見出したのです。あなたがたふたりはお互いにとってふさわしい相手だと思われましたし、あなたがたが知り合ったら、お互いの心がお互いの美点を認めるのは疑いえないことでした」

「あなたはご存じでしょう」と彼女は女王に向かって言いました。「目的を達成するために私がそれ以来どんなことをしたか、そしてどんな方法でベルをこの宮殿に来るように仕向けたかを。宮殿では夢のなかだけで王子の姿とお喋り（しゃべ）をベルに見聞きさせましたが、それが期待どおりの効果を上げました。それによって彼女の心は燃え上がっても、その美徳は揺（ゆ）るぎませんでしたし、その愛情が彼女を怪物へと繋（つな）ぎ止（と）める義務と感謝の気持ちを弱めることもありませんでした。要するに、私はすべてのことを完璧に成し遂げたのです」

妖精は続けて言いました。「王子よ、このとおり、あなたの敵についてはもう何の心配もありません。彼女はその権能を剝奪されましたから、新たな魔法であなたに危害を加えることは二度とできないでしょう。あなたは妖精から課された条件を厳密に果たしました。もしもそれらを実行していなかったら、妖精が永遠に失脚（しっきゃく）したにもかかわらず、それらの条件は存続していたでしょう。あなたは自分の才気と家柄の助けを借りずに愛されることに成功し、そしてベルよ、あなたも同じように、いにしえ婆（ばあ）があなたにかけた呪いを解かれました。あなたは怪物を夫として迎えることに同意したからです。いにしえ婆（ばあ）からそれ以上の要求はありません。これからはすべてがあなたの幸福に味方するでしょう」

妖精が話を終えると、王がその足下に身を投げ出して言いました。

「偉大な妖精よ、あなたが私の家族に惜しみなく注いでくれた恩恵に何と感謝したらいいのか。あなたの親切に対する私の感謝の念はとうてい言葉では表わせない。しかし、威厳ある姉よ」と王はさらに言いました。「姉という呼び名に免じて、あえてもう一つの頼みごとをさせてもらいたい。あなたには大変恩義を感じているが、私の愛しい妖精に会えないかぎり私は少しも幸せになれないのだ。彼女がしてくれたことや、彼女が私のために耐えていることが、まだ頂点に達していないとしたら、それらはこれからも私の愛と苦しみを増し加えることになるだろう。ああ、妖精よ」と王はさらに言いました。「あなたの恩恵の限度を越えて、彼女に会わせてはもらえぬだろうか」

それは無理な願いでした。それができるなら、献身的な妖精が王のほうから頼んでくるのを待つはずはないのでした。けれども彼女には妖精会議の命令を覆すことはできませんでした。若き王妃は大気の中間域で囚われの身になっていたので、策を弄しても彼女を王に会わせる見込みはありませんでした。妖精は王にそのことを優しく言い聞かせ、何か思いがけない出来事が起こるのを辛抱強く待つように、それをうまく利用するつもりだから、と言って励まそうとしたそのとき、魅惑的なシンフォニーが聞こえてきて妖精の言葉をさえぎりました。

王とその娘、女王と王子はそれを聞いてうっとりしました。けれども妖精の驚きは少し違っていました。その音楽は妖精たちの勝利を告げていたからです。彼女には勝利者が誰なのかまったくわかりませんでした。彼女の頭に浮かんだのは、あの老いた妖精、あるいはいにしえ婆のことでした。彼女がいないうちに、一方はもしかすると釈放されたのかもしれない、もう一方はあの恋人たちに新たな障害を与える許可を取りつけたのかもしれない、そんなふうに困惑していたとき、嬉しいことに、彼女は幸福島の王妃である妹が突然この魅力的な一行の真ん中に現われるのを見たのです。その美しさは、夫である王が彼女を失ったときに劣りませんでした。彼女に気づいた王は、妃に払うべき敬意よりも、それまでずっと持ち続けた愛情のほうを優先させ、激情を露わに大喜びで彼女を抱きしめたので、王妃自身も驚いてしまいました。

姉の妖精はどんな幸運な出来事のおかげで彼女が解放されたのか想像もつきませんでしたが、王妃である妖精は、ある女性のために命の危険を冒した自分の勇気のおかげでこの幸福を摑んだのだと言いました。

「あなたも知っているように、妖精界の女王の娘は、誕生とともに妖精界に迎え入れられましたが、彼女の父親は月下の住人ではなく、至高の知恵ゆえに私たちよりはるかに有力であり、姻戚になるのは妖精にとって名誉な賢者アマダバクでした。にもかかわらず、その娘は最初の数百歳を過ぎるまで勝手にヘビになることはできませんでした。この期日がきたとき、普通の人間と同じように愛しい娘を愛し、その行く末を心配する女王は、年若いときにヘビの状態で事故に遭えば命を落とすかもしれないという危険に娘を放り出す決心がつかずにいました。そのために妖精が命を落とすことは珍しくなかったので、女王が心配するのはもっともでした。

苦しい状況に置かれていた私は、最愛の夫や愛する娘と再会する希望をすっかり失っていました。家族と離れて暮らすことにうんざりしていたのです。それで私は、何の迷いもなしに、若い妖精の義務を免除するためヘビになる役を買って出ることにしました。私は、自分を打ちひしぐ一切の不幸から解放されるための確実、迅速で名誉な方法を見つけたことを喜びました。そのために私は死ぬかもしれませんが、名誉ある自由を得るかもしれず、そうなれば私は自分の意志で生きられるようになり、夫に再会できることになります。
　子を愛する母親にとって何よりありがたいこの申し出を、女王は迷わず受け入れました。私を何度も抱きしめ、この危険をうまく回避できたら、私が失った特権をすべて復活させ、無条件で解放してあげると約束してくれました。私は無事にそれを成し遂げ、この努力の成果は、私がその身代わりになって危険を冒した若い妖精に付与されたのです。私はすぐに、今度は自分のために同じことをしました。一回目の成功が二回目の力になり、それもうまく行きました。この行動によって私はベテランとなり、その結果自立しました。私はすぐにこの自由を利用して、何より大切な家族のもとに帰ってきたのです」

　王妃である妖精が愛すべき聴衆にすべてを語り終えると、皆はあらためて抱擁（ほうよう）し合いました。よくわからないままに抱擁したりされたりする人びとの戸惑うさまは何ともほほえましく、とりわけベルは、自分が名家の一員であったことや、身分違いの結婚でいとこである王子の名誉を傷つける心配がなくなったことの嬉しさでぼうっとしていました。

　とはいえ、あまりの幸福に酔（よ）いしれながらも、父親だと思っていたあの老人のことを忘れはしませんでした。ベルは伯母（おば）である妖精が、父親とその子供たちに自分の結婚式への陪席（ばいせき）を許すと約束していたことについて、覚えておいでですか、と伯母に話しかけていたそのとき、十六人の人びとが馬に乗って現われるのが窓越しに見えました。彼らの多くは狩りで使うラッパを手にしており、とても困惑した様子です。一行の混乱した様子から、馬たちが無理矢理彼らを連れてきたことがよくわかりました。ベルは、それが老人の六人の息子とその姉妹、そして五人の求婚者だとすぐにわかりました。
妖精を除く全員がこの突然の登場に驚きました。入ってきた人びとも、馬たちの爆走によって知らない宮殿に連れてこられて、同じように驚いていました。この出来事は次のようにして起こりました。皆が狩りをしていたそのとき、馬たちが集まって一つの群れになり、彼らがどんなに頑張っても引き留められないまま、宮殿まで全速力で駆けてきたというわけです。

ベルは自分の地位を忘れ、皆を安心させたい一心から急いで迎えに出てゆくと、一人ひとりを優しく抱きしめました。父親である老人も現われましたが、落ち着いていました。例の馬がやって来て、いなないたり、ドアをひっかいたりしたので、愛する娘が迎えをよこしたのだと確信しました。怖がらずに馬に乗り、どこに連れて行かれるのかもだいたいわかっていたので、宮殿の中庭に着いたときも驚きませんでした。その場所を見るのは三度目でしたが、ベルとベットの婚礼に出席するために連れてこられたのは察しがついていました。

ベルの姿に気づくと、老人は大喜びで走り寄り、彼女をこの目で見られた幸福な瞬間に感謝し、再訪を許してくれたベットの寛大さを祝福しました。ベットが自分の家族、とりわけ末娘に惜しみなく与えてくれた親切に対して、恭しく感謝の気持を述べようと、四方を見回しました。老人はベットが見えないことに当惑し、自分の推測が間違っていたのではと心配しました。しかし子供たちがいたので、やはり思ったとおりだ、この結婚がまさにそうなるはずの盛大な婚礼があるのでなければ、自分たちがこの場所に連れてこられるわけはないだろうと思いました。

そんな考えが老人の心のなかに去来していましたが、それでもベルを優しく抱きしめると、うれし涙を流してベルの顔を濡らすのでした。

老人が喜びに浸るのをひとしきり見ていた妖精は、ついに言いました。

「それで十分でしょう、老人よ、あなたは存分に王妃を抱擁しました。父親としてベルを見るのはこれで終わりにして、知っていただきたい。ベルの父親はあなたではないこと、そしてあなたは自分の君主にするように彼女に敬意を示さねばならないことをです。ベルは幸福島の王女、こちらの王と王妃の娘であり、この王子の妻となる方です。こちらは王子の母に当たる王妃であり王の妹君です。私は妖精で、王の友であり、ベルの伯母になります。王子についてですが」と妖精は老人が王子を凝視しているのを見て言いました。「意外でしょうが、あなたは彼を知っています。ただ、あなたが前に会った彼とは似ていません。要するに、こちらがベットその人なのです」

驚嘆すべきこの知らせに、父親も兄たちも歓喜しましたが、姉たちは嫉妬で身を切られる思いでした。うわべは満足そうにしてそれを隠しましたが、騙される人はおりませんでした。とはいえ、皆は彼女らを信じるふりをしました。いっぽう求婚者たちは、ベルと結婚したいという思いから一度は姉たちを裏切り、ベルを手に入れる希望を失って、もとの鞘に収まったのですが、今はどう考えたらいいのかわからなくなっていました。

商人は泣かずにはいられませんでしたが、その涙がベルの幸せを見る喜びのせいなのか、それともあんなに完璧な娘を失う悲しみのせいなのか、よくわかりませんでした。息子たちも同じような気持で混乱していました。彼らの優しい愛情を見て深く心を痛めたベルは、今の自分が従うべき人びとや、未来の夫である王子に対して、こんなにも真実な愛情に謝意（しゃい）を示すことを許してほしいと懇願しました。彼女の願いにはその心根の優しさがはっきりと表われていたので、叶えないわけにはいきませんでした。一家には財宝がふんだんに与えられ、王と王子と王妃の御意（ぎょい）により、ベルは慣れ親しんだ父親、兄、そして姉という呼び名を使い続けることになりました。姉たちには血縁関係ばかりか心も通っていないのをベルは知っていましたが。

ベルは皆から家族だと思われていたときの名前を今後も使ってほしいと思いました。老人とその子供たちはベルの宮廷で職を得、一般に尊敬されるような高い地位に就いてベルのそばで暮らす幸福を味わい続けました。姉たちの求婚者らは、無駄だとわからなければまたすぐに恋心を抱くような人たちでしたが、老人の娘たちと結ばれることや、結婚相手をベルが変わらず大事にしてくれることを大いに喜びました。

ベルが婚礼に出席してほしいと思っていた人たちはみな揃（そろ）ったので、それ以上遅らすことなく、式は執り行なわれました。ベットの婚礼の夜は、眠りの魔法に屈した王子でしたが、このめでたい日の夜は、そのようなことはありませんでした。王家の祝典を祝って数日が歓楽（かんらく）のうちに過ぎました。それがようやく終わったのは、新婦の伯母である妖精が、そろそろこの美しい秘境を後にして、国に戻り、臣下たちに姿を現わさねばならない、と告げたからでした。

妖精はちょうどよいタイミングで新郎新婦の王国のことや、ふたりが帰って執り行なうべき重要な義務のことを思い出させました。自分たちが暮らすこの場所に魅了され、互いを愛し合い、その愛を語り合う喜びに酔いしれていたふたりは、王権のことも、それに伴うさまざまな苦労のこともすっかり忘れていたのです。新郎新婦は妖精に、王権を放棄するので、彼女が適当と思う人にその地位を与えてもらえないかと言い出しました。しかし思慮深い妖精は、臣民が永遠に王族を敬わねばならないのと同様に、彼らもその臣民の統治という運命を全うせねばならない、と厳しく注意しました。

ふたりは妖精のもっともな意見に従いましたが、君主の地位と切り離せない疲れを忘れるため、たまにはこの場所に来ることと、そこではこれまで彼らのそばにいてくれた目に見えない森の精や動物たちにもてなしてもらうことを許可されました。そしてこの自由を可能なかぎり満喫したのです。万物が競ってふたりを喜ばせようとするので、彼らがいるとその場所はますます美しくなるようでした。精霊たちは彼らが来るのを今か今かと待ち、嬉々として迎え、ふたりが帰ってきた嬉しさをありとあらゆる仕方で表現するのでした。

あらゆることに細やかな配慮を怠らない妖精は、自分の馬車と同じ、黄金の角とつま先を持つ十二頭の白鹿に引かれた馬車をふたりに贈りました。この白鹿たちの駆ける速度は思考の速度をも超えるほどですから、これに乗れば二時間で世界をひと回りできるのでした。そのようにして、ふたりは移動に時間をかけず、余暇を一秒も無駄にせずに活用しました。ふたりは幸福島の王にしばしば会いに行きましたが、それにもこの優雅な乗り物を使いました。父親でもあるこの王は、妃の帰還によって驚くほど若返ったので、容貌も物腰も娘婿に少しも劣りませんでした。彼はまた、愛情においても、また妻に自分の気持ちをたえず伝えようとする熱心さにおいても娘婿に劣りませんでした。妻のほうでも、長いあいだ不幸の原因だったその愛情のかぎりをつくしてそれに応えるのでした。

王妃を出迎えた臣民の歓喜は、かつて王妃の愛情を失った彼らの悲しみと同じように大きなものでした。王妃はその臣民をいつまでも深く愛しました。王妃の権能に抗うものはもはやなくなり、彼女は臣民が望みうるかぎりの善意のしるしによってその権能を数世紀にわたり示しつづけました。彼女の権能は、妖精の女王の友情にも助けられて、夫君である王の命と健康と若さを保ちました。

しかし、人間はいつまでも生きていられないので、ふたりも死んでいきました。

女王とその姉である妖精は、ベル、その夫、その母君である女王、老人とその家族に対しても同じことを願ったので、皆かつてないほど長生きしました。王子の母君である女王はこのすばらしい歴史を後世に伝えるため、その帝国と幸福島の公文書に記録させるのを忘れませんでした。人びとはそれについての報告書を世界中に送りました。ベルとベットの驚くべき出来事が、永遠に語り継がれますようにと。

訳者あとがき

文学作品としての『美女と野獣』

『美女と野獣』という題名は広く知られていますが、今日の日本で、原作を知る人はほとんどいません。たいていは、「ディズニー映画で見ました」という答えが返ってきます。また、一般に「美女と野獣」といえば、民話をもとにしたディズニー映画と考える人が多いようです。しかし、それは誤解と言わねばなりません。物語の歴史を遡ってゆくと、その源には、著者も刊行年もはっきりした文学作品があるからです。

『美女と野獣』（*La Belle et la Bête*）というタイトルの創出者――つまり最初の『美女と野獣』を書いたのは、十八世紀フランスの作家ヴィルヌーヴ夫人（Gabrielle-Suzanne de Villeneuve, 1685-1755）です。当初それは、一七四〇年にオランダのハーグで刊行された物語集『アメリカ娘と洋上物語』（*La jeune Américaine et les Contes marins*）の第一話として書かれました。

本書は、このオリジナル版をはじめて日本語に訳したものです。オリジナル版の初の校訂版はイタリアのエリーザ・ビアンカルディによって作られ、二〇〇八年に刊行されました。本訳書は一七四〇年版を底本とし、ビアンカルディ版を参考にしています。

オリジナル版を日本語に訳するにあたり、タイトルは『美女と野獣』、主人公たちの名はベルとベットとしました。原書では人物名も、タイトル（*La Belle et la Bête*）と同じく、欧文表記の la Belle（美しい娘）と la Bête（愚か者・獣）です。フランス語の bête には「けもの」とともに「愚かな」という意味がありますが、本作品ではとりわけ「愚かな」という意味が重要な役割を果たしています。ですから、本書のタイトルを『美女と愚獣』として、ふたりの主人公の呼び名をたとえば「美女と愚獣」というふうに表記すれば原文により忠実になりますが、本書では、慣行に倣って、読みやすさと親しみやすさを優先させたことをまずお断りしておきます（また、一七四〇年の初版に挿絵はないのですが、今回、オリジナル版のイメージをよく伝えるウォルター・クレインの作品を特別収録しました）。

ヴィルヌーヴ夫人とボーモン夫人

ヴィルヌーヴ夫人はナントの勅令が廃止された年、フランス・プロテスタントの牙城ラ・ロシェルで、プロテスタント系貴族の家庭に生まれました。弁護士だった父親の死後、母親に財産の多くを奪われ、不幸な結婚・離婚を経て困窮し、職業作家として食いつなぐため、パリへ出ます。劇作家クレビヨン（Prosper Jolyot de Crébillon, 1674-1762）の家に身を寄せ、家政婦兼秘書として働きながら文筆活動をし、クレビヨンが引き取った捨て犬や捨て猫たちに囲まれて暮らしたと言われています。

ヴィルヌーヴ夫人の名とその『美女と野獣』があまり知られてこなかったのには理由があります。そもそも、オリジナル版は妖精物語としては長いので、万人向けと言いにくいのは確かです。しかも、作者の死後まもなく、その存在をかき消すような出来事が起こりました。もう一人の女性作家ボーモン夫人（Jeanne Marie Leprince de Beaumont,

1711−1780）が『美女と野獣』を子供用に要約して書き直し、自身の教育読本『こどもマガジン』に載せると、これがたちまち有名になったのです。ボーモン版は世界中で愛読され、民話の世界にも浸透してゆきました。そのため、オリジナル版は長いあいだ埋もれていました。今日に至るまで、『美女と野獣』は書籍、映画、ミュージカル等々、さまざまなジャンルで翻案され、無数の作品に生まれ変わりましたが、そのほとんどはボーモン版を土台にしています。

たしかにボーモン版はよく出来ていますし読みやすいのですが、それは単なる要約ではありません。オリジナル版はいわば大人用のフィクションですが、ボーモン版は子供向けの読み物です。ボーモン夫人は読本の趣旨に合わない内容をばっさり切り捨て、代わりに教育的なニュアンスを付け加えました。そのために、オリジナル版の興味深い側面が置き去りにされたのです。

オリジナル版の登場人物たち

筋が単純ですっきりとしたボーモン版とは異なり、複雑で過剰な印象がヴィルヌーヴ版の第一の特徴です。作品の長さはボーモン版の約九倍で、登場人物の数でもボーモン版をはるかに上回っています。ベルの家族は父のほかに兄が六人、姉が六人もいます。魔法の宮殿でベルが会うのはベットだけではありません。夜ごとの夢に美貌の貴公子が現われ、謎めいた言葉でベルに求愛します。それがベットの分身だと気づかないベルは、醜く愚かなベットより美しく才気ある貴公子に惹かれるのです。王子とベルの庇護者である妖精も時々ベルの夢枕に立ち、謎めいた言葉でベルを励まします。このほかに、姉たちの求婚者たち、合唱でベルを楽しませる鳥たち、話し相手のオウムたち、踊りや芝居を披露する猿たち、ベルの身の回りの世話をする雌猿たちが宮殿に住んでいます。さらに後半では、ベット（王子）の母である女王、王子を野獣に変えた悪玉妖精、ベルの本当の父母、妖精界の最古参「いにしえ婆」などが登場します。ボーモン夫人はそのうち父親、兄三人姉三人とベット（王子）を残して、それ以外の登場人物はほとんどすべて削除しました。

オリジナル版の第二の特徴は、第一の語り手に加えて、王子と守護妖精という第二、第三の語り手が後半に登場すること、それによって物語の舞台裏が明かされ、事実関係が詳しく説明されることです。第一部はベルが実家に一時帰宅して父親と語らう場面で終わり、第二部のはじめのほうでベルはベットに愛を告白し、ベットはもとの姿に戻りますが、（一般によく知られているディズニー＝ボーモン版と違い）物語はそこで終わりません。王子の母である女王と守護妖精が現われ、ベルと王子の婚姻の是非を議論しはじめます。気位の高い女王はベルの身分の低さをどうしても容認できません。そこで妖精はベルの本当の出自を明かします。商人は育ての親にすぎず、実の父親は王子の叔父にあたる幸福島の王、母親は守護妖精の妹にあたる妖精だというのです。ヴィルヌーヴ夫人が作品の各所で開陳する独自の妖精理論によれば、妖精は人間より身分が上ですから、身分ちがいの問題はこれで解消します。すると今度は、ベットと妖精がそれぞれ語り手となって物語の舞台裏を明かしていきます。

第二部で語られる「ベットの話」では、王子（ベット）が父王の死からそれまでの出来事を詳しく語ります。王子には多忙な女王に代わって教育してくれた醜い老妖精がいました。王子に老いらくの恋をした老妖精は、王子が求婚に応じないのを忘恩と決めつけ、女王が外見の問題を示唆したのをきっかけに怒りを爆発させ、王子をベットに変身させます。王子の視点から生々しく描かれる変身の様子は、オウィディウス（古代ローマの詩人）やアプレイウス（帝政ローマの作家）の変身譚を想起させて興味深いところです。それはともかく、重要なのは変身の際に老妖精が王子にかけた呪いの内容です。素性を隠し、才気を隠し、醜く愚かな獣の状態で、若く美しい娘から愛され求婚されること——それが、もとの姿に戻るための条件だったのです。動物や怪物に変身させられた王子がもとの姿に戻る話は、それまでにもペロー、ドーノワ夫人、ラント夫人ら（十七〜十八世紀のフランスの作家）によって書かれていましたが、それらの物語の王子たちは王子という肩書きを隠しませんでしたし、外見のハンディを補うにあまりある才気でヒロインを魅了するのが常でした。しかし、ベットに課せられたのは、知的な魅力をも含むいっさいの「飾り」の使用停止という厳しいハンディです。その状態で、善良さという手段だけでベルの心を捉えねばなりません。ベルを訪問するベットが無粋で野暮な質問しかしないのはそのためです。そこからわかるように、ベットという名前には、獣という意味だけでなく、愚か者、という意味が込められていました。しかしボーモン夫人は「ベットの話」を跡形もなく削ってしまったため、『美女と野獣』の核心を説明するこの部分は長いあいだ知られずにいました。

　ボーモン版にはない「ベットの話」には、ほかにも、多数の興味深いエピソードが含まれています。たとえば、商人が運命のバラを摘んだバラのアーチはベットが自ら庭いじりをして拵えたものであること、商人が宮殿で体験したことはすべて妖精が仕組んだことで、ベットはその指示に従っていたこと、ベットがベルの生活の一部始終をのぞき見ながら、陰で喜び、焦り、苦悩していたこと……。こうして、物語をベットの視点から語り直すことで、普通の妖精物語が語らない物語の舞台裏を次々に明らかにしてゆきます。

　さらに続けて語られている「妖精の話」は、俯瞰的な視点からあらためて、ことの顛末を解説します。羊飼いに変装した妖精（語り手である妖精の妹）と幸福島王の出会い、正体を隠したまま結婚してベルが生まれたこと、悪玉妖精の告発により母妖精は投獄され、いにしえ婆によって「将来怪物と結婚する」という呪いがベルにかけられたこと、悪玉妖精は王子のみならず幸福島王にも言い寄っていたこと……。「ベットの話」と「妖精の話」を総合すれば——ベルとベットそれぞれにかけられた呪いは、両方が成就することで互いを打ち消し合うことになります。それに気づいた守護妖精は、ベルがベットの宮殿に間違いなくたどり着けるよう陰で奔走し、二人が出会ったあとも、ベルがベットに心を捧げるよう、夢枕に立って励ますのです。

　こうしてオリジナル版の物語は、主たる語り手に二人の登場人物兼語り手を加えた三つの異なる視点から多面的に語られることになります。さらに、ベットと妖精は結末の直前から過去を振り返って語るので、物語は時間的にも多方向から語られ説明される仕組みになっています。おとぎ話は一人の語り手が出来事を起こった順序に従って語るのが普通ですが、『美女と野獣』はそれとはまったく異なる構造を持っています。そうした特殊性をすべて削ぎ落とすことで、ボーモン版は逆に物語に民話のような素朴なスタイルを与えたのです。

「恋愛地図」に『美女と野獣』のルーツを見る

オリジナル版の第三の特徴は、その文学性です。冒頭で、『美女と野獣』を民話と考えるのは誤解だと言いました。すでに説明した複雑な構造を見るだけで民話からはかけ離れた作風が理解できますが、同じことは、『美女と野獣』とそれ以前に書かれた文学テクストとの関係（間テクスト性）からも説明できます。

オリジナル版と関係の深い第一のテクストは、アプレイウスによる『黄金のロバ』（二世紀）所収のプシュケの物語です。アールネ＝トンプソンの物語インデックスでは、プシュケ物語と『美女と野獣』が同じAT425というタイプに分類されていることからわかるように、両者の筋には共通点が多くあります。このプシュケ物語は、十五世紀にイタリアではじめて印刷され、ルネサンスの諸芸術に題材を提供し、フランスに伝えられ、モリエール、ラ・フォンテーヌほか十七世紀のフランスの作家たちによって翻案されました。なかでもラ・フォンテーヌの『プシュケとクピドの愛』と、ドーノワ夫人の『緑のヘビ』やヴィルヌーヴ夫人の『美女と野獣』の間には、明白な関係性が認められます。

第二の間テクスト性は、スキュデリー嬢（Madeleine de Scudéry, 1607-1701）の『クレリ』と「恋愛地図」に見ることができます。十七世紀なかば、マザランがルイ十四世の摂政を務めていたころ、パリの文学サロンでは、スキュデリー嬢の大河小説『クレリ』とその「恋愛地図」がもてはやされていました。「恋愛地図」とは、人と人の間に芽生えた友情が愛情へと発展したり滅んだりする過程を寓意的に表わした図です。「恋愛」と訳すのは実は不正確で、スキュデリー嬢は「タンドルの地図」と名づけていますが、Tendreとは、『クレリ』のなかで称揚される一種の愛情《tendresse》に由来する寓意的な地名で、意味するところは、性愛とは区別される無償の愛、愛他主義にもとづく愛情です。タンドルの地帯を潤す三本の河はそれぞれ「好み」「評価」「感謝」と呼ばれ、それぞれのほとりにタンドルの町が形づくられてい

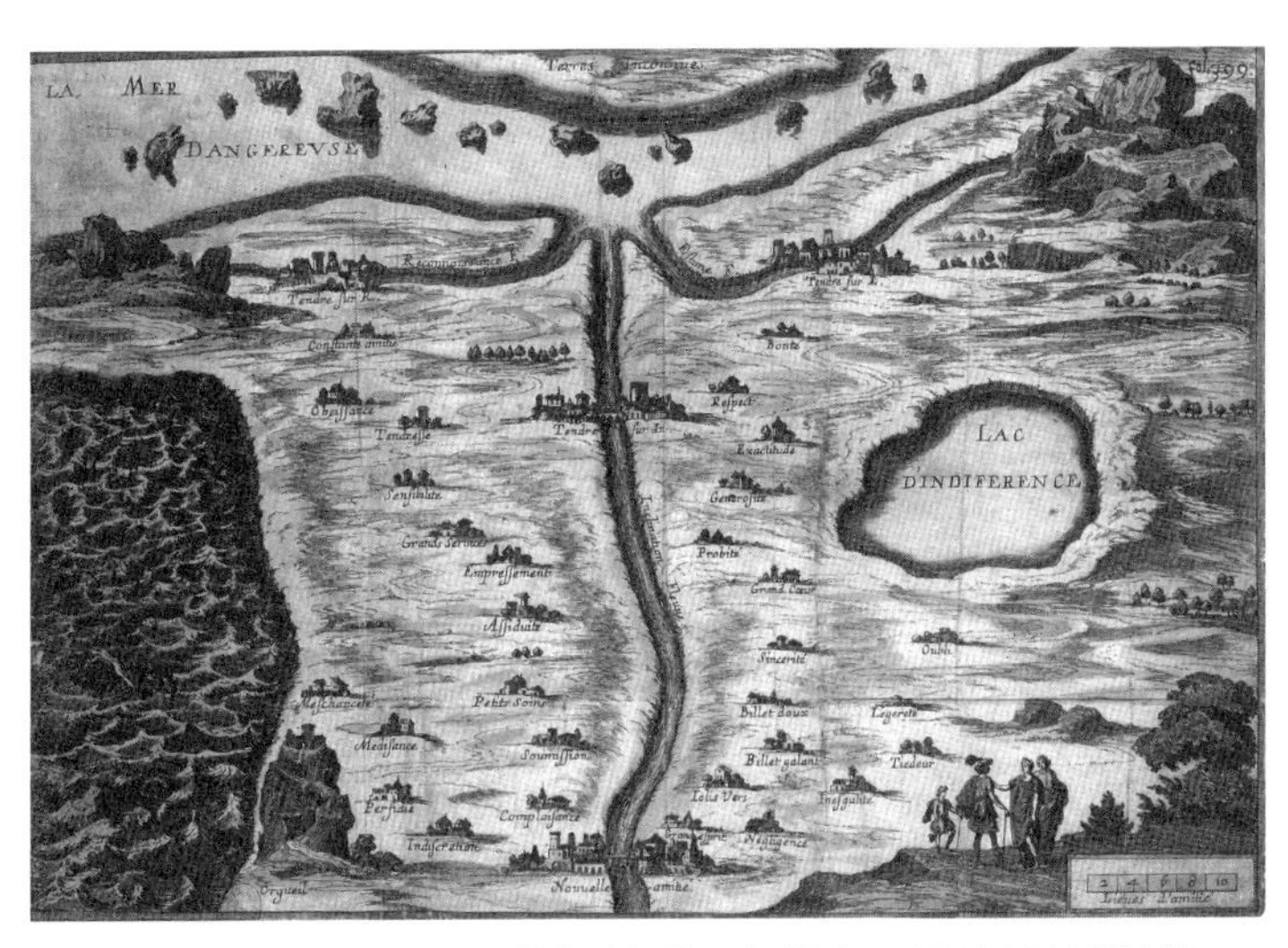

「恋愛地図」には、タンドルの地を流れ、「危険な海」に注ぐ三本の河として、まるで上向きの矢印のように、中央に「好み」(Inclination)、右に「評価」(Estime)、左に「感謝」(Reconnaissance) が表わされている。

ます。それらの河はみなタンドルを越えたところにある「危険な海」に注ぎ、その向こうには「未知の世界」が広がっていますが、それらの地帯がエロスに関係づけられるのかもしれません。

さて、この寓意図でタンドルの地へ到達するには三通りの方法があります。一つ目は「好み」の大河を一気に下って行く方法です。外見の美しさに一目惚れする場合がそれに当てはまるでしょう。二つ目は陸路で「評価」のタンドルを目指す方法で、途中には才気に関係する寓意の町が点在しています。そして三つ目は陸路で「感謝」のタンドルへと向かう方法です。まず「心遣い」に立ち寄り、その後は「服従」、「こまやかな配慮」、「足繁く通うこと」、「熱意」、「多大な尽力」、「思いやり」、「真心の愛」、「忠誠」、「変わらぬ好意」を経るという道筋、つまりひたすら相手に尽くした結果、「感謝」によってタンドルの地にたどり着く方法です。

『クレリ』では、主人公クレリがこの地図を描き、その周囲に集まる男女が恋愛問題を語り合います。登場人物それぞれが恋愛譚を語り、その物語のなかでさらに男女が恋愛談義を交わす場面もあります。愛はどのようにして生まれるのか、人を魅力的にするのは美しさか、知性か、優しさか――「恋愛地図」が提起した愛をめぐる議論は、当時のサロンにとどまらず、十七・十八世紀の文学空間に波及し、多数の文学作品がそれに応答する形で書かれました。とりわけ十七世紀末にペローやドーノワ夫人が誕生させた妖精物語の多くはこの議論を色濃く反映しています。たとえばペローの『とさか毛のリケ』、ドーノワ夫人の『ヒツジ』と『緑のヘビ』、ラント夫人の『サンセール王子』など、『美女と野獣』より前に書かれた妖精物語は、いずれも「評価」のルートを辿る物語として読めます。一方、ヴィルヌーヴ夫人が選んだのは、物語にするのが最も難しい「感謝」の道でした。恋愛の対象から美貌と肩書きを奪うだけでなく、会話をもり立て話し手を魅力的に見せる才気をも取り上げたらどうなるのか。一切の飾りを剝ぎ取られ、恐ろしい仮面を被せられ、ただ思いやりを示すことしかできない存在を、人は愛することができるのか――私たち人間にとって最も過酷な問いに、ヴィルヌーヴ夫人は『美女と野獣』のなかで取り組んだのです。「愚獣」というキャラクターのルーツをそこに見ることができます。

『美女と野獣』の文学的起源はほかにもあります。それは「恋愛地図」を載せた小説『クレリ』の第二部にある「ブルトゥスとルクレティアの物語」です。ティトゥス・リウィウス（古代ローマの歴史家）の『ローマ建国史』は『クレリ』の種本の一つですが、それによれば、暴君タルクィニウスに父親と兄弟を殺害されたブルトゥス（ルキウス・ユニウス）は、愚か者のふりをすることで身を守りながら復讐の機会を待ちました。そして、その演技が完璧であったためブルトゥス（鈍重な、愚鈍な）と呼ばれるようになったと言います。『クレリ』のなかでもブルトゥスは同じ理由から痴愚を装いますが、美女ルクレティアに惹かれるにつれ、愚者と見なされることの屈辱を意識し苦しむようになります。そんなブルトゥスはある日、「善意は乏しくとも大きな才気を持つのと、才気は乏しくとも大きな善意を持つのとでは、どちらが好ましいか」という問題をめぐって三人の女性（ルクレティア、エルミリ、ウァレリア）が激論を戦わす場面に立ち会います。いくら才気があっても善意がなければ愛されない、と言うルクレティアに対して、エルミリは、才気のない善意など何の役にも立たない、とくに会話においては、話が続かない退屈な善意より、悪意があっても才気があるほうが好ましい、どんなに善良でも才気の乏しい人を熱烈に愛せるとは思わない、と反論します。議論を静観していたウァレリアは、「善良な人を評価によって愛さなくても、感謝によって愛することはあります」と述べ、「真の善意はいかにすぐれた才気よりも好ましい」と結論してこの議論を締めくくります。しかし実際の物語では結局、才気のないところに同情以上のものは生じません。最終的にはブルトゥスが隠していた才気をルクレティアだけに示すことで、はじめて二人は相思相愛の仲になるからです。このように「恋愛地図」の作者でさえ、『クレリ』の登場人物に「感謝」の道を歩ませることはできませんでした。サロン文化が興隆した十七世紀フランスでは、才気あふれる会話や詩文で人々を惹きつけることが何より重視されていました。「評価」のルートは、当時のサロンの価値観に最もよく合致していたのです。

『美女と野獣』が誕生したのはそれから約一世紀後のことでしたが、「感謝」のルートの困難さは同じだったのでしょう。ベルの夢に現われる貴婦人（守護妖精）と貴公子はともに「感謝の気持ちに従いなさい」とベルを励まし、実家の父親も同じようにしなさいとベルに助言します。それに対してベルは、どんなに善良でも、楽しい会話で姿の欠点を補うこともできない相手とは結婚できない、と訴えるのです。このように、『美女と野獣』は「ブルトゥスとルクレティアの物語」に展開する議論への応答として読むことができます。ラテン語のブルトゥス（brutus）とフランス語のベット（bête）がともに鈍重な、愚かな、という意味を持つことや、いずれの人物も愚かさの偽装を余儀なくされているのは単なる偶然ではないでしょう。スキュデリー嬢の『クレリ』と「恋愛地図」は、『美女と野獣』の重要な源泉と言えるのです。

人は見かけに「強く」なれる?

オリジナル版の第四の特徴は、すでに述べたことにも関係しますが、ベルがベットの外見と愚かさの問題を完全に乗り越えたとは言えないことです。守護妖精や父親に励まされたベルは、死にかけたベットを見てようやくベットとの結婚を決意します。こうしてベルは、「感謝」経由でスキュデリー的愛の終着点であるタンドルにとりあえずたどり着きます。しかし同じ日の夜、初夜の床で寝息を立てる夫の隣に横たわりながら、夢のなかで貴公子に会い、ベルの結婚を喜ぶその様子に「忌ま忌ましさ」を感じたと言います。醜く愚かなベットより美しく才気ある王子に惹かれる気持ちはどうすることもできません。そんな葛藤がようやく終わるのは翌朝、隣に貴公子が寝ているのを見てからのことです。このように、ベルは自力で「感謝」の道を踏破したとは言えません。ヴィルヌーヴ夫人はこのルートをそれほど厳しいものとして描いたのです。人間は目に見えるものに弱い生き物です。もののうわべという壁を私たちは越えられるのか、という、単純ですがじつに厳しい問いをこの物語は投げかけているのです。

恋愛論としての『美女と野獣』

オリジナル版でしか読むことができない（ボーモン版が削除した）『美女と野獣』の重要な特徴は、いずれも先行する文学伝統との強い関係性のなかで生まれています。この伝統は、アンドレアヌス・カペルラヌスの『宮廷風恋愛について』（十二世紀）やギヨーム・ド・ロリスの『薔薇物語』（十三世紀）に代表される中世の恋愛観、さらにはイタリア・ルネサンス期の哲学者フィチーノを介してフランスに普及したプラトンの愛の理念ともつながっています。しかしなんといっても『クレリ』と「恋愛地図」が提起した問題――友情はいかにして愛に発展するか――が、『美女と野獣』の核心を形成したことは間違いないでしょう。『美女と野獣』だけでなく、十七世紀末以降に書かれた妖精物語の多くは、それぞれの仕方で同じ問題に応答しています。そこでは醜さと美貌、愚かさと才気、邪悪と善良さなどが多様な組み合わせで王子や王女に付与され、それぞれの恋愛論を形成しています。これらの物語は、愛をめぐる真摯な文学的考察のなかで、また文学作品同士の対話のなかで生み出されていったのです。いわゆる民話とは区別されるべきであることは、これでおわかりいただけたものと思います。『美女と野獣』を民話のように扱い、深層心理学を援用しながら、そのなかに集団的無意識、セクシュアリティーの問題を見る論文はこれまでたくさん書かれてきました。しかしオリジナル版は、むしろきわめて意識的に恋愛心理を追究した、真摯な恋愛論として見直されるべきでしょう。

一七五五年、ボーモン夫人のダイジェスト版が誕生する前にヴィルヌーヴ夫人は亡くなりました。将来『美女と野獣』が無数の作品に翻案され、世界中で愛される作品になろうとは夢にも思わなかったことでしょう。そんなヴィルヌーヴ夫人に、今こそこの作品を返したいと思います。『不思議な国のアリス』もディズニー映画になりましたが、私たちはそれを民話とは呼びません。アリスといえばルイス・キャロルの名を思い浮かべるように、『美女と野獣』にはヴィルヌーヴ夫人という作者がいたことを思い出したいと思うのです。

目に見えないものを愛することは、簡単なことではありませんし、勇気の要ることでもあります。研究の世界だけでなく、私にとってそれは幼い頃から常に身近にあったテーマでした。そのテーマに体当たりするようなこの作品を翻訳できたことを何より嬉しく思います。

出版のきっかけを作ってくださった首都大学東京の同僚西山雄二氏、本書に関するフランス語論文の校閲をしてくださり、本書のフランス語読解についてご教示をくださったクリス・ベルアド氏、ロランス・ボリ氏とジゼル・ベルクマン氏、本書の研究について貴重な助言をくださった鷲見洋一先生と百科全書・啓蒙研究会の皆さん、恩師野沢協先生、東京都立大学・首都大学東京仏文教室の先生方とスタッフの皆さんに心から御礼申し上げます。授業で一緒に原テクストを読んでくださった学生の皆さん、そして、いつも支えてくれる私の家族にも、この場を借りてお礼を言いたいと思います。

編集に関しては、白水社編集部の和久田頼男さんに大変お世話になりました。おかげさまで、不適切な表現に手を入れ、不統一を整理することができました。心から感謝申し上げます。

二〇一六年十一月

藤原　真実

装丁　緒方修一
装画　茂苅恵

著者略歴

Gabrielle-Suzanne de Villeneuve（1685-1755）

ヴィルヌーヴ夫人は、フランスの作家。プロテスタント系貴族の子どもとして生まれながらも、弁護士だった父親の死後、母親に財産の多くを奪われてしまい、不幸な結婚・離婚を経て困窮し、職業作家となるべくパリに出る。劇作家クレビヨンの家に身を寄せ、家政婦兼秘書として働きつつ文筆活動をし、クレビヨンが引き取った捨て犬や捨て猫に囲まれて暮らした。

訳者略歴

藤原真実［ふじわら・まみ］

一九五九年、東京生まれ。首都大学東京人文科学研究科教授。十八世紀フランス文学専攻。

関係論文

«Une lecture de La Belle et la Bête selon la Carte de Tendre», Dix-Huitième siècle, La Découverte, 2014, n°46.

「「恋愛地図」で読む『美女と野獣』――連作的読解の試み」（『人文学報』第四六六号、二〇一二年）、「怪物と阿呆――「美女と野獣」の生成に関する一考察」（『人文学報』第三九一号、二〇〇七年）

主要訳書

ロベール・シャール『宗教についての異議』『軍人哲学者』『啓蒙の地下文書Ⅱ』所収（法政大学出版局、二〇一一年）

美女と野獣［オリジナル版］

二〇一六年一二月一〇日 第一刷発行
二〇一八年 八 月一〇日 第三刷発行

著者 ガブリエル＝シュザンヌ・ド・ヴィルヌーヴ
訳者©藤原真実
発行者 及川直志
発行所 株式会社白水社
電話 〇三-三二九一-七八一一（営業部）七八二一（編集部）
住所 〒一〇一-〇〇五二 東京都千代田区神田小川町三-二四
www.hakusuisha.co.jp
振替 〇〇一九〇-五-三三二二八
印刷所 株式会社精興社
製本所 誠製本株式会社

Printed in Japan
ISBN978-4-560-09525-6

白水uブックス

初版グリム童話集《全5巻》

吉原高志、吉原素子／訳

子殺し、近親相姦、おおらかな性表現……。一般に流布している第七版では味わえない魅力にあふれる〈初版〉の全訳。あなたが読んだグリム童話と読みくらべてみませんか。Uブックス化に際しては、大きな活字を用いるなど、読みやすさを追求しました。

1 「ヘンゼルとグレーテル」「灰かぶり」「赤ずきん」など28篇
2 「長靴をはいた牡猫」「いばら姫」「白雪姫」など25篇
3 「ルンペルシュティルツヒェン」「青髭」「千匹皮」など33篇
4 「がちょう番の娘」「もの知り博士」「おいしいお粥」など27篇
5 「踊ってすりきれた靴」「ジメリの山」「金の鍵」など43篇
（巻末に解説と全156話の索引付き）